느낌표 갈무리

채명자 에세이

느낌표 갈무리

채명자 에세이

글 문의 빗장을 걸면서

마음 한 자락에 느낌표들을 갈무리하면서.

결혼 초 빨리 시간만 지나갔으면 좋겠다고 생각한 지가 얼마 되지 않은 것 같은데 어느새 40년이 지났다. 지천명의 나이에 접어들어 남편에게 부린 객기가 글쓰기 대회에서 3연패를 한 후 이제 고희를 넘기면서 두 번째 수필집 『느낌표 갈무리』를 출간하게 되어 무한한 책임감과 성취감을 느낀다.

과학의 힘이 수명연장으로 이어져 100세 인생이 꿈이 아닌 현실이 되었지만, 노인은 언제, 어떻게, 마지막을 장식할는지 장담할 수 없듯이 하루하루 인생 숙제를 매듭지어야 하는 시간 속에서, 병원

신세 지지 않고 마칠 수 있는 삶을 꿈꾸며 이 글을 담아 봅니다.
저를 기억하는 모든 분에게 이글을 올립니다.

2021년 가을에
채명자

차 례

제1부
당신을 배웅하며

제3부
젊은 피 바다에 묻고

해설

느낌표 갈무리

채명자 에세이

제1부
당신을 배웅하며

제1부_당신을 배웅하며

가을 잔상

　나의 유년 시절이었던 1950년대 우리나라는 주업이 농업이었다. 농촌의 일 년은 반환점 없는 릴레이를 했다. 연두색 바통을 냉큼 받아 쥐고 뛰나 싶으면 어느새 연갈색 바통으로 이어진다.

　하늘을 이고 일을 하시던 부모님의 인고의 세월이 이제는 등 굽은 허리에 등고선을 그리며 하늘을 등진 채 지팡이에 힘을 실어 딱딱 무거운 소리를 낸다. 자식인 내가 쉰을 넘은 나이가 되어서야 낙엽의 의미를 알 수 있었듯이 아버지는 욕심 없는 촌로로 평생을 사신 분이다.

내가 어릴 때는 농번기 방학이 있어 모내기 때와 가을 추수 때는 학교에서 일주일 정도 휴교를 했다. 어린 마음에 심부름하는 농번기 방학이 싫었다. 아버지 새참 심부름은 내 몫이었으니까. 어머니는 양조장에 가서 막걸리 한 되 받아 아버지가 일하는 논에 가져다드리라고 하셨다. 요즘 아이들에게는 상상할 수 없는 시골 환경과 부모님의 말씀이 곧 명령이었던 시절 열 살도 채 안 된 나에게는 막걸리한 주전자의 무게가 버거웠을까? 아니면 꾀가 났을까? 긴 논둑길로 접어들면서 길섶 민들레에도 먹여보고 가다가 걸터앉은 바위에도 먹여주고 이래저래 인심을 쓰고 나서 반 주전자가 될랑말랑했을 때쯤이면 가뿐한 주전자를 핸드백처럼 들고 종종걸음을 쳤다. 새참을 기다리시는 내 아버지의 허기진 모습은 까마득하게 잊은 채….

만추의 나이가 되어서야 어렸을 때 부렸던 나의 어리석음이 가슴에 송곳 자리로 남아 있다. 가을 빈 논에 이삭 한 틀 남기지 않고 기계로 추수하는 지금의 농사법, 핸드폰으로 새참을 시켜 먹는 세월인데도 그때가 그리운 건 아직도 지워지지 않는 내 유년의 어리석음이 추억되어 있기 때문이겠지.

추수가 끝나가는 계절에 추억이 없는 유년의 텃밭에는 새들도 날아들지 않는 것처럼 긴 세월을 뒤로하고 알곡으로 떠나보낸 자식들을 먼빛으로만 바라보시는 내 아버지는 추수 끝난 논에 홀로 서 있는 허수아비가 아닐까? 곡식 같은 자식 키울 때는 모내기 같았고 당신 자식 결혼시킬 때는 추수의 풍성함을 바리바리 실어 보낸 쌀가마 같았겠지.

아버지의 뜻을 따라 별 탈 없이 잘 사는 딸은 네댓 번 나뒹그러져 망가진 상처투성이의 막걸리 주전자를 생각하며, 속죄하는 마음으로 목 안에서만 맴도는 소리로 당신을 불러본다. 아버지의 대답 대신 막걸리를 먹어 준 민들레와 바위들이 가을 풍경에 취한 채 고향을 지키고 있는 모습들이 눈을 감아도 떠오르는 계절에….

(2004.10)

공감共感

대학 입학식 날, 2월인데도 봄 햇살은 어느새 내 허리춤을 잡고 몇 시간을 따라다니다 저만치 가고 있다. 식순에 따라 간단하게 끝나는 입학식. 큰아이 때도 그랬듯이 아들아이와 나는 눈으로만 싱겁게 작별 인사를 하고 돌아섰다.

학교 앞에서 큰 가방을 들고 강릉으로 가는 차를 타기 위해 택시를 잡았다. 택시 기사는 백미러로 나를 보더니 "교수님이세요?" 하고 물어온다. "아니요 학부모인데요."라고 했다. 의아해하면서 다시 나를 돌아본다.

"네. 늦둥이 부모입니다."

"아들입니까?"

"네."

"지금 세월에는 아들 별로예요."

택시 기사는 나보다 2~3년 정도 위 연배로 보였다. 당신 딸아이는 결혼해서 부모님 생활비에 보태라고 매월 50만 원씩 통장 이체를 해주는데, 아들아이는 정규대학을 마치고도 취업이 되지 않아 자격증 따려고 전문대로 재입학을 했다는 이야기부터 세태의 흐름을 직업에서 느낀 경험담과 함께 들려준다.

자식이 주는 덕과 실을 돈으로 판단하는 것은 옳은 일은 아니지만 살아가는 데 힘이 되는 권력, 명예, 돈으로 뿌리내려져 있는 현실을 부정할 사람들은 아무도 없다. 당신도 남매를 키울 때는 별걱정 없이 생활해 왔지만, 아내가 40대 후반에 늦둥이를 출산하는 바람에 생활 전선에 다시 뛰어들었다고 했다. 그 아이가 이제 열 살이라니 나보다 더 지각한 출산모를 직접 보지는 못했어도 이야기를 대신하는 택시 기사를 봐도 그 마음 충분히 이해된다. 그래도 아이 재롱에 인생관이 바뀌어 개인택시를 한다는 이야기와 일 마치고 집에 들어가면 마누라보다 아이가 더 예쁘고 사랑스러워 피로감도 잊어버린다고 말하면서 핸드폰에 들어 있는 아이 사진을 내게 보여준다.

어떤 현실이든 살아가는 의미가 있다는 것은 행복이라고 말하고 싶다. 나도 늦둥이 엄마라는 그 하나만으로도 며느리의 체면과 위상이 세워졌고 내가 살아가는 원동력이 되어왔다. 이제 스무 살 청년이 되어 세상 밖으로 나가는 아들은 새로운 시행착오를 겪으면서 성숙해지는 것이 과제이다. 택시 기사의 삶과 나의 삶이 전혀 다를 것 같아도 서로를 이해할 수 있는 것은 늦둥이 부모만이 가지는 공감 때문임을 절실히 느꼈다.

시외버스 터미널에 도착한 나는 십여 분 정도의 짧은 시간 동안에 나눈 택시 기사와의 대화에서 늦둥이 출산에서부터 대학 입학까지 수많은 일을 다시 되돌아보며 추억할 수 있었다. 터미널 간이의자에는 떠날 사람, 돌아오는 사람들이 쉴 새 없이 북적거리는데 돌아갈 시간을 기다리는 나는 아들을 남겨 놓고 가는 서운함의 무게를 들고 온 빈 가방에다 오롯이 담아본다.

(2009.2)

기념일

시어머님도 모르는 내 생일날! 불교에서 말하는 윤회설에 따르면 전생에 시어머니와 며느리는 첩과 본부인 사이라고 하던가? 결혼한 지 삼십 년이 되어가지만 어머님은 한 번도 내 생일을 기억해 주지 않으셨다. 거짓말 같은 사실이다. 열여섯에 결혼하여 6·25 때 피난 나온 시어머님은 시아버님과 자손을 번창시키기 위해 10남매를 보셨는데 피난 시절 둘을 잃으시고 팔 남매를 키우셨다. 시어머님의 맏이와 막내는 25년이라는 터울이 진다. 시아버님은 막내아들이 네살 때 돌아가셨고 남긴 것은 가난과 자식뿐이라고 하시던 시어머님,

그래도 위로 세 아들이 시어머님의 울타리가 되어 남의 품 한번

팔지 않게 해주었지만, 아침 먹으면 저녁 걱정을 해야 했던 그 시절 시어머님의 수고는 오죽하셨을까! 동생들을 부양할 수밖에 없었던 맏아들로서 여동생 시집 먼저 보내고 남동생 장가보내고 자신의 삶은 당분간 포기해야만 했었던 장남의 멍에는 어린 동생들 교육 문제까지 사슬로 묶여 있었다. 이런 환경 속에서 장남을 자식이 아닌 남편의 빈자리로 승급시킨 시어머님의 절박함이 자식을 절대자로 만들어 누구보다 의지할 수밖에 없었겠지.

내가 시어머님과 인연을 맺은 것은 1979년 10월 9일 한글날이었다. 그런 아들을 내게 인계하며 자식의 남은 인생의 행복보다 자식을 뺏긴다는 마음이 컸던 시어머님의 가슴앓이가 나의 시집살이로 전이됐다. 80년대 초만 해도 이혼이라면 여자 인생 끝나는 줄 알고 있던 시대라 요즘 말로 스트레스가 뭐 하는 건지도 생각할 겨를이 없었다. 시어머님이 일어나는 시각이 밤인지 새벽인지 생각할 겨를도 없이 부엌으로 나가야 했던 나의 신혼 시절과 2000년대에 이르러 이혼율 세계 몇 위라고 매스컴에서 소리 내며 여성들이 자신들의 개성인 양 누드모델까지 서슴없이 표출하고 있는 지금과는 어느 쪽이 옳은지는 정답은 없다.

시어머님의 자식 사랑은 나의 행복 반쪽을 나누기하는 수학 공식과도 같았다. 출퇴근하는 남편을 배웅하는 것도 여자에게는 작은 행복인데 아들이 들고 나가는 서류 가방을 먼저 들고 현관까지 따라

나가시며 배웅하시고, 퇴근 시간 맞추어 옥상에서 내려 보시다 아들이 보이면 대문으로 마중 나가시는 시어머님, 자질구레한 일상의 갈등을 말할 수도, 소리 낼 수도 없는 줄다리기를 지금까지도 하고 있다.

어느덧 팔순 노모와 나는 애증의 세월 속에 간혀 빛바랜 인생길의 동반자가 되어가고 있다. 기념일! 내 생일은 정월달이다. 시어머님 생신은 이월이다. 새해 새 달력을 보시면 제일 먼저 익히시는 아들들 생일, 딸들 생일, 사위 생일, 외손, 친손 생일까지 얼마나 기억력도 좋으신지 심지어 친구분 생신까지도. 그런데 며느리 생일만은 모르신다? 정말 모르실까? 절대 말하지 않는 나도 자존심일까? 고집일까? 친정 어머님이 떠나고 난 뒤에는 동서들이 잊지 않고 선물을 준비해 축하해준다. 그럴 때면 시어머님은 "말을 해야 알지" 하신다. 대접받고 싶어서가 아닌 당신 자식으로서의 인정을 받고 싶을 뿐인데….

이쪽 편도 저쪽 편도 아닌 내 남편의 중간 입장은 묵비권만 행사하고. 이젠 퇴색되어 가는 가을, 떨어지는 단풍잎처럼 당신의 남은 생을 마감하실 때는 내 손 꼬~옥 잡으시며 "어미 생일이 언젠데" 하고 기억해 주시겠지.

(2004.10)

내 삶의 동반자

　나의 시집은 6 · 25 전쟁 때 이곳 강릉에 터전을 잡은 피난민이다. 시어머님은 남편을 따라 4남매를 데리고 나와서 4남매를 더 두었으니 팔 남매의 부모로 말로는 표현할 수 없는 수고가 내가 결혼해서도 이어졌다. 시아버님이 안 계신 맏며느리의 자리는 절벽 나뭇가지에 걸린 고양이 같다는 생각이 들었다. 주위를 둘러볼 여유도 없이 척박한 생활에 내 머릿속의 지우개는 10년이라는 나이를 잊게 해주었다.

　시어머님 친구분이 새댁 나이가 몇이지? 하고 물어보는데 서른 살이라고 했더니 갸우뚱했다. 결혼 때 나이만 내 머릿속에 남아 있을 뿐 십 년이라는 세월을, 이웃도, 친정도, 친구도 없이 보낸 시간을 잊고 싶었나 보다. 사십이 되어서야 하루 세끼의 밥을 편하게 먹을 수 있었다고 기억해본다.

시어머님의 삶은 자식들이 결혼해서 부모가 돼가는 것을 보며 더 이상 바라면 욕심이지 하시면서 파도가 바위에 부서질 때 퍼지는 포말처럼 환희를 느끼며 세상을 다 얻은 기쁨으로 인생을 노래했었고, 슬픔을 느낄 때는 인생살이의 아픔과 고통을 주체할 수 없어 가슴에 옹이를 새겨야만 했던 시간을 보내며 어느덧 아흔 문전으로 바싹 다가서는 이 가을날, 시어머님은 갑작스러운 통증을 호소했었다.

가끔 소화가 안 될 때면 우선 수지침으로 혈을 통하게 해서 소화제로 잘 다스려왔는데 오늘따라 큰소리로 유난을 떠셨다. 작년 이맘때도 오늘 같은 증세를 보여 병원 대기실을 들었다 났다 한 적이 있어 속으로 엄살도 심하게 하신다고 생각하다가도 혹시, 밤이 되면 응급실로 가야 하는 게 아닐까 하는 불안감이 들었다.

노인은 촛불과 같다는 말과는 다르게 이 시간까지도 내 삶에 절대자로 군림하셨기에 잘 견디시겠지, 하면서도 신경은 온통 어머님에게 가 있었다. 남편이 업어 차에 모시고는 자주 가는 내과를 찾았다. 의사는 노인이 견디기가 불편한 정도면 종합병원으로 가야 한다고 했다. 1차 진료는 주사 처방만 받고 집으로 모셔왔는데도 통증은 가라앉지 않았다.

이번에는 종합병원에 갔는데 내과 의사가 노인을 검사한 시스템이 갖춰져 있는 큰 병원으로 가야 한다고 했다. 관절이 아프다며 타오는 약 외에는 평생을 병원이라고는 가지 않은 어머니가 응급실에서 검사에 검사를 또 한 후, 밤 11시가 지나서야 2인 1실 병실로 옮겨지게 되었다.

오후 6시부터 시작된 검사가 4시간여 동안이나 진행되다 보니 진통으로 지친 어머님의 얼굴은 숨만 쉬지 않으면 저세상 사람처럼 보였다. 나와 이렇게 이별을 하는 게 아닐까? 라는 생각을 하면서 30년이라는 인연이 무척이나 길게 느꼈는데 이 순간 당신을 볼 때는 왜 이렇게 짧게만 느껴지는지 많은 생각들이 나를 휘감아가고 있었다.

당신을 만나 삼십 년이라는 긴 시간 속에 팔 남매의 맏며느리는 삶의 고비마다 원망과 미움을 나 자신에게 생채기를 내면서 나를 학대하고 타인을 원망하고 내가 아닌 다른 사람들의 입장을 무시한 채 현실의 올가미에 갇혀 무미건조한 회색 인간이 되어 있었는지도 모른다. 이길 수 없으면 즐기라는 말처럼 마음 바꾸어 먹기까지 십 년이라는 시간이 지나서야 시어머니가 아닌 삶의 동반자로 지내고 있지만 그래도 가끔 조여 오는 보이지 않는 쇠사슬도 내 나이 환갑을 바라보다 보니 배짱이 생겨 이쯤이야 하는 여유가 나를 지탱시킬 수 있었다.

다음날 당신의 소지품을 챙겨 병원을 찾았는데 밤사이 화장실을 다녀도 연신 배가 아프다고 하시며 나에게 의지하여 화장실을 다니시면서 머리를 감아도 되냐고 하셨다. 당신을 만나 지금까지 속옷 한번 나의 손을 빌리지 않았는데 내 손으로 머리를 감겨 드리면서 지는 해를 잡을 수 없는 한계를 느끼고 있었다. 검사 결과는 급성 췌장염으로 병실에서 중환자실로 옮기게 되었다.

환자복에는 속옷이 필요하지 않아 당신의 마지막 속옷과 차 트렁크에 있는 신발을 챙기면서 그래도 한 번쯤은 집으로 모시다가 다시 병원 신세를 지겠지 하면서 당신과의 기억을 병원 뜰에 앉아 가을을 곱씹으며 행여 다가올 이별이면 어떡하지? 하는 복잡한 염려를 해보면서도 마지막 가을의 기적을 갈망하고 있었다.

당신은 아셨나보다. 병원으로 가는 차 안에서 나는 이제 집으로 못 간다고 하시기에 농담으로 그럼 오려고 하셨어요? 하면서 받아친 말이 나를 평생 세 치 혀의 실수에 책임을 지고 살아가야 하는 멍에를 메게 했다. 있을 때 잘해, 옆에 있을 때 잘하라는 말이 가슴에 박혀 내 삶의 동반자와의 이별 앞에서 나는 마냥 어리석고 모자란 인간으로 인지되는 부끄러운 기억을 담아본다.

(2010.10)

당신을 배웅하며

2010년 10월 10일 당신의 마지막 길동무하면서 화장터 시계에 초점을 맞춰보았습니다. 당신을 처음 만난 1979년 10월이었고, 헤어진 날도 10월이 되었습니다. 내 어머니보다 더 많은 세월을 당신과 함께하면서 때로는 사랑하고, 때로는 미워하기도 하면서 어느덧 내 인생의 절대자로 군림했던 30년이라는 긴 세월이 짧게만 느껴지는 건 아마 당신과의 이별의 아픔이 더 크기 때문인가 봅니다.

세상살이가 인생살이가 정말로 힘이 들었을 때는 당신도, 당신의 아들도 미워했었는데 지금은 내 가슴에 이야깃거리로 쌓여 이 글을 쓸 수 있게 되었습니다. 당신을 떠나보낸 불가마 앞에서 한 줌의 재로 다시 만났을 때는 이미 저는 모든 걸 흐르는 눈물로 씻어버렸습니다. 이것이 인생이 아닐까? 하며 나의 마지막도 그려보았습니다.

어머님!
당신은 저와 함께한 30년이 어떠하셨습니까?

어쩜 저보다 더 많은 것이 힘들지 않았을까 라는 생각이 들었습니다. 풀인지, 채소인지 구분도 못 하는 저를 대가족의 맏며느리로 살수 있기까지 당신의 수고가 저보다 더 컸다는 걸 느꼈을 때가 얼마 되지도 않았는데 당신은 벌써 저의 손을 놓았습니다. 현명하신 당신은 내 마음의 그릇이 커질 수 있게 "집 좁은 건 살 수 있어도 마음 좁은 건 못산다." 하시며 저를 담금질하셨습니다. 이제는 모든 걸 수용할 수 있는 당신의 버팀목이 되었는데 물처럼 바람처럼 당신을 잡을수 없게 되었습니다. 당신은 정확한 성격이었고, 청결하셨고, 근면하셨습니다. 제가 당신이 보여주신 생활만큼 따를 수 있을지는 모르지만, 그 정신만큼은 기억하면서 살아가겠습니다.

어머님! 45년 전에 이별하신 아버님을 만난 감회가 어떠하십니까? 이야기하기를 좋아하신 당신이 저에게 제일 먼저 전해주실 텐데 이승과 저승 사이가 너무 멀어서 들리지 않습니다. 아니면 아버님과 합장하신 설렘이 부끄러워 말씀을 못 하시는지 어머님 당신과의 미운 정이 이렇게까지 아픈 줄 몰랐습니다. 약주 좋아하시던 당신을 때로는 많이도 미워했는데 그날 당신을 불가마에 모시고 저도 당신처럼 취해 보았습니다. 술기운에 가슴에 남아 있던 당신과의 응어리들을 원 없는 울음으로 대신했습니다. 이젠 당신의 울타리에서 철없이 보낸 시간이 마냥 그리워 가끔 들려오는 당신의 환청이 온 집 안 구석구석에서 들려오는 것 같아 믿기지 않을 때가 있습니다. 애들 아빠의 기침 소리에서 당신의 음성을 듣기도 하고 걸음걸이에서 당신을 볼 때가 있습니다.

어머님! 이제는 아버님 만났으니 이곳 생각하지 마시고 행복한 신혼 보내세요. 행여나 꿈에라도 오실 시간 있으시면 아껴 두었다가 아버님과 함께 명절 두 번, 기일 두 번 손 잡고 오셔서 자손들 보고 가세요. 어머님 이곳에 계실 때처럼 그곳 시간도 그렇게 흘러가는지요. 저도 어머님 만날 시간이 살아 온 날보다 더 가까이 오고 있다는 걸 느끼고 있습니다. 남은 시간 당신과의 만남이 축복 되게 건강하게 살다가 찾아뵙겠습니다. 당신과 멋진 해후를 위하여!

2010. 10.

어머님의 첫째 며느리 올림.

대청소

　28년 동안이나 미뤄왔던 청소를 지난여름부터 시작했다. 지난해 봄에 보내온 어버이날 선물을 받고서야 딸아이 주변부터 청소에 들어갔다. 아이가 태어나 지금까지 살아오는 동안 장, 단점을 잘 알고 있는 내가 딸에게 여자로 거듭나는 언어와 행동들을 말해주면서 이제부터는 나의 딸이 아닌 독립된 성인으로 남의 식구가 되는 아이에게 무엇이 중요한지, 어떻게 살아가야 현명한 건지 이론이나 설명은 쉽지만, 아이가 얼마나 빨리 터득할는지 염려와 걱정이 앞섰다.

　나는 30여 년 전에 늦은 나이로 결혼을 한 여자다. 무엇하나 제대로 해본 적 없이 살아오다 결혼생활을 시작하다 보니 실수투성이가 되어 시집 식구들을 의아하게 만들 때가 한두 번이 아니었다. 시어머니가 오죽했으면 설사를 자주 하는 아이를 낳으면 어미가 부지런해질까 하는 말을 할 정도였다. 급한 데가 없는 성격 때문에 시집 식구들 눈에는 게으른 사람으로 보였다. 그런데도 딸아이는 아기 때도 설사나 잔병치레 없이 잘 자라니까 어머님은 편하게 사는 것도 팔자라고 했다.

그 아이가 자라 이제 결혼하겠다니 나는 물건을 정리하는 게 아니라 자식을 보내야 하는 청소를 해야 했다. 자식이 좋아하는 사람과 부모가 좋아하는 사람이 다를 수밖에 없지만, 부모가 자식을 위해 모든 걸 양보해야 하는 게 절대적인 것은 아니지만, 나는 아니다 절대 아니라고 말할 수 없는 게 부모라 나도 비껴갈 수가 없었다. 같은 시기에 남의 길·흉사에 참석을 가리는 풍습이 아니래도 나쁘다면 작은 것 하나라도 피해 가며 결혼식 준비를 하고 싶었다. 무엇을 어떻게 해야 할지? 경험도 없는 나는 하나씩 정성을 쏟으면서 마음속으로 감사하며 딸의 행복을 빌면서 무더운 여름부터 늦은 가을까지 결혼식 행사를 마칠 때까지 내가 할 수 있는 것은 모두 내 손을 거치며 결혼식을 치렀다.

내 딸로 태어나줘서 고맙고 사랑하는 딸과 지낸 시간 속에 느껴왔던 기억을 한데 묶어 새로운 인생길에 축복의 의미를 담아 출판기념회로 결혼식 날 답례를 하게 되었다.

34

아이가 직장생활을 처음 할 때였었다. 엄마의 직업은? 하고 물어봤을 때 주부라는 말과 동시에 글을 쓰는 사람이라고 했단다. 잊어버린 글쓰기를 아이 때문에 다시 시작하게 되었다. 딸 덕분에 엄마의 체면과 아이의 자존심이 세워진 셈이다. 그 아이가 새해 인사로 할머니를 만들어 준다는 소식을 전해준 날 강릉은 3월인데도 함박눈이 내리고 있었다. 눈꽃도 축복해 주는 것 같아 경이롭다.

남편은 일생을 살아오면서 우리 부부가 결혼한 다음으로 최고의 행복감을 느끼나 보다. 워낙 아이들을 좋아하는 성격이라 당신 자식이 엄마가 된다는 이야기를 듣고는 이제야 어깨가 쭉 펴지는 느낌이라고 했다. 나는 내 딸이 여자의 일생에 시작 종소리를 듣는 기분이 들었다. 딸이 엄마가 되어가는 과정을 곁에서 지켜볼 수 있어 행복하고 우리 부부 수첩에 행복을 기록하며 살 수 있게 해줘서 감사하며 할아버지 할머니가 되는 초입에 들어서면서 딸의 건강과 태아의 건강을 기원해야겠다.

딸이 결혼하면 청소가 끝나는 줄 알았는데 이제부터는 또 다른 일거리를 안고 엄마를 찾을 것 같다. 해도 해도 끝없는 부모와 자식과의 청소는 일생을 다해도 끝낼 수 없는 대청소를 남긴 채 거부할 수도, 외면할 수도 없는 삶으로 이어진다.

(2010.3)

동영상

남편 생일이 시어머님의 자손들이 다 모이는 연중행사가 된지도 10년이 넘었다. 올해는 큰 시누이 부부가 준비 해온 쇠고기로 옥상에서 숯불구이가 차려졌다. 단오 폐막을 알리는 불꽃놀이를 보면서 생일케이크 절단식이 거행되고 뒤이어 큰 시누이 사회로 코러스(노모, 아내, 제수씨들과 여동생)의 생일 축가가 이어졌다. "생신 축하합니다."로 시작되는 첫 소절부터 저마다 동작은 다르지만 나름대로 축가를 부르는 표정들은 환상적이다. 멋진 밤, 행복한 시간이었다. 시어머님의 자손들 4대가 서른일곱 명이라는 큰 동그라미가 되어 돌아가고 있는 이 순간이 되기까지 긴 세월 속에 자식들을 품고 살아온 시간은 힘들었지만, 오늘처럼 행복한 날도 있어 살아가는 희망이 아니었을까.

　남편이 칠순 생일 때 했던 인사말이 생각났다. 내가 벌써 70이라
는 생일을 맞이하면서 어려웠던 시간, 많은 일이 이제는 옛이야기로
말할 수 있는 오늘이 되어 감사하고, 내 시어머님이 아직도 우리 곁
에 계셔서 고맙고 살아가는 데 큰 힘이 되었다고 했었다. 그 힘이 가
족의 울타리가 되어 지금, 이 순간도 연중행사로 치러지는 남편의
생일은 매년 축제로 이어진다. 오늘 밤, 이 뜻깊은 날을 기념하기 위
해서 디지털카메라에 저마다 포즈를 취하면서 웃고 또 웃어들 본다.

> 내가 살아가는 동안에 할 일이 또 하나 있지
> 바람 부는 들판에 서 있어도 나는 외롭지 않아
> 그러나 풀잎 하나 떨어지면 눈물 하나 흐르고
> 우리 가슴 가슴마다 햇살은 다시 떠오르네.
> 아 ― 아 영원히 변치 않을 우리들의 사랑으로
> 어두운 곳에 손을 내밀어 밝혀 주리라.
> 　　　　　　　　　　　　　― 해바라기 노래, 「사랑으로」

　이 노랫말이 주는 의미가 각기 다르듯이 내 삶의 한 부분을 대변
하는 것 같아 애창곡 일 순위로 꼽는다. 내 인생에서 80~90년대 초
반까지는 생활이 힘들고 어려워 앞이 보이질 않았다. 내일을 설계할
수도, 생각할 수도 없이 시간만 가라는 식으로 열심히 살아봤다. 힘

들 때마다 나보다 더 어려운 사람들을 생각하며 참고 살아왔었다. 다시 그 시절로 돌아가라면 젊음을 다시 준다 해도 그 생활을 견디지 못할 것 같다. 30년이라는 시간의 수레바퀴가 돌고 돌아 다시 그 자리로 부메랑이 되어 돌아오지만 지금, 이 시간 옥상에서 생일잔치를 즐기게 된 것에 더없는 행복을 느끼면서 작은 바람이 큰 행복으로 남게 되어 이 밤이 영원히 기억될 것이다.

어젯밤 카메라에 저장된 동영상을 TV에 연결해 봤다. 아! 놀라움이 내 눈에 들어왔다. 아흔 노모가 아들 생일에 노래를 부르고 있지 않은가? 아마 남편에게 신이 준 최고의 축복은 당신 어머니가 아닐까? 라는 생각이 들었다. 부모 생신날 자식이 부르는 축가는 들어봤어도 노모가 아들 생일날 부르는 축가가 동영상에 생생히 살아 움직이고 있다는 것은 어느 집에서도 상상할 수가 없을 것 같다. 남편의 힘들었던 시간이 노모의 축가 하나만으로도 보상받은 것을 소중히 생각하며 늙고, 병들고, 저세상 사람으로 기억되어 있을 수도 있는 시어머니의 자리가 남편을 위해 부르는 노랫소리처럼 오래오래 곁에 있었으면 하고 나는 소망한다. 함께 가는 길에 서서….

(2010.6)

두 여인

음력 5월 중순이면 우리나라 기후는 안개비가 계속되는 날이 많다. 가끔 햇살을 비춰주면 초여름 더위를 한꺼번에 느낄 만큼 열기가 대단하다. 내일이면 엄마 기일인데? 결혼 후부터 가까이 사는 언니가 몇 년째 뇌졸중 후유증으로 고생하고 있는 걸 보면서 자매로 살아온 세월보다 시집 생활을 하는 며느리 자리가 버거워 늘 마음만 걱정이지 곁에서 병간호 한번 해주지 못하고 지나쳐버리는 무거운 내 생활이었다.

그날도 안개비가 내리는 걸 보면서 내 어머니의 영혼이 힘을 발휘할 수 있다면 당신 기일에 참석해서 아픈 딸 거두어 갔으면 하는 생각을 해보면서 이번에도 내 기도 들어주지 않으면 당신 제사에 참석하지 않겠다고 중얼거렸다.

집안일 적당히 해놓고 오후에는 동생네로 제사 보러 가려는데 형부한테서 전화가 왔다. 장모님 제사에 혹시 참석하지 못해도 기다리지 말고 제사를 지내라고 했다. 아픈 언니 때문에 늘 고맙고 미안해서 그다음 생각은 못 했다. 동생에게 그 말을 전하니 큰누나 집에 다녀와서 제사 보자면서 앞장을 선다. 우리가 언니 집에 들어서니 형부가 제사나 지내고 오지 왜 왔냐며 울먹인다. 방안에는 흰 천으로 덮인 내 언니의 마지막이 나를 기다린 채 그렇게 눕혀져 있었다. 10여 년 전 그날 내 어머니는 당신 기일에 참석하면서 언니를 데리고 갔다.

나와의 무언의 약속을 지키신 내 어머니!

매년 하루 차이로 치러지는 두 여인의 기일은 저세상에서부터 손잡고 와서 두 집에 번갈아 가며 대접을 받는 이 세상 나들이가 되었다. 운명이라는 것을 생각해보면 살아온 날보다 살아갈 날이 여름밤처럼 짧아지는 것을 느끼면서 나도 두 여인과 만날 날을 위해 서서히 과제물을 챙겨야 하는 학생으로 돌아간다.

올해는 윤달이 들어 있어 조상님들 묘지 이장도 할 수 있게 봉안

당 준비도 해야 할 것 같다. 힘 있고 판단력이 바를 때 정리하는 게 현명하다고 생각하면서 어느 작가가 쓴 글에 "나이가 들면 몸이 상전"이라는 말이 이렇게나 빨리 공감이 가는 걸 보면 내 나이도 이젠 제법 들었다는 생각을 해 본다.

　내 가슴에 묻힌 두 여인의 기일에 다녀와서 나의 노후가 자식이나 친지에게 큰 피해가 가지 않도록 건강관리, 노후관리, 자산관리 등등 하나하나 준비해야 할 것을 계획하며 버려야 될 것과 남겨야 할 것들을 정리해가는 내 여생의 시간표를 짜본다.

(2009.6)

뚝배기

"콩나물시루에서도 누워서 크는 콩나물이 있다."라는 친정 할머니 말이 생각이 난다. 유년기에는 대가족 속에서 성장했다. 50년대 가족 구성원은 3, 4대가 한집에서 기거하는 것은 물론이고 아버지 형제들은 결혼해서도 한집에서 생활하는 것이 흔한 일이었다.

우리 집도 조부모, 아버지 형제, 사촌 형제들과 일꾼들 가족까지 20여 명이 한 집에서 생활하였으니 밥을 해도 가마솥으로 해야 했고 국을 끓여도 가마솥으로 끓여야 했다. 먹는 것은 일이 아니다. 준비부터 뒷설거지가 장난이 아니었다. 지금은 교자상이나 큰 둥근 상에 둘러앉아 먹을 수 있는 편리한 주거생활이지만 그때는 순서대로 올

42

리는 밥상이 집안의 법도를 보여주는 하나의 제도로 되어 있어 집안에 큰 어르신이신 할아버지 상, 할머니는 종손자와 겸상, 큰아버지와 아버지 겸상, 손자들 상, 손녀들은 며느리들과 둥근 상, 부엌에서는 일꾼들 식구들이 차려 먹는 상까지 일과의 반이 상차림으로 시작되어 상차림으로 끝난다.

제사를 지낸 다음 날 동네 어른들이 있는 집집마다 네모난 상에다 제사음식을 차례로 돌리다 보면 학교 갈 시간에는 북새통이 된다. 어른들 말이 명령이었던 시대를 거치면서 나는 어른이 되면 시골에서는 살지 않겠다는 생각을 키워왔다. 남들은 일꾼까지 둔 부잣집을 부러워했지만, 부모님이 고생하시는 걸 보고 자라면서 도시 생활을 꿈꾸게 되었다.

농촌 생활의 겨울이 되면 며느리들은 버선 만들기와 한복 손질로 밤을 활용한다. 할머니는 손녀들에게 버선코 뒤집기부터 가르치며 배울 생각이 없는 나에게 여자는 손끝이 고와야 한다고 하셨다. 농사짓고 바느질하면서는 살지 않겠다고 말을 하면 여자가 되어 이런 것도 못 하면 시집가서 쫓겨난다며 겁을 주는데도 무조건 싫다고 했다. 어떻게 살려고 저 고집이냐고 물어보면 돈을 벌어 사람을 시키며 살겠다고 했다. 할머니는 남을 시켜도 알고 시켜야지 모르면 답답하고 힘이 든다고 했다.

그때는 그 말이 나를 가르치겠다는 생각에서 구슬리는 말 정도로만 생각했다. 열 명이 다 되는 사촌 형제 중에 내 순번이 중간이 되다 보니 힘들고 어려운 일은 언니 오빠들 몫이고 내가 하는 집안 돕기는 담배 심부름과 새참 막걸리 내다 주는 정도로 눈, 코 뜰 새 없는 농촌 생활에서도 나는 시루에 누워서 크는 콩나물이 되어 유년을 보낸 셈이다.

결혼은 농사와는 거리가 먼 교사의 아내가 되어 신혼생활을 산골 마을 관사에서 했다. 산골 마을이라 봄부터 가을까지 낮에는 사람 구경을 못 할 때가 많았다. 관사 뜨락에는 초여름 웃자란 풀이며 화초들이 나의 친구가 되어 갔다. 점심시간이 되면 남편이 식사하러 들린다. 그 외에는 집배원이나 며칠에 한 번씩 생선 장수 아주머니가 새벽 기차를 타고 동네에 와서 물물교환을 하기도 하고, 외상으로 생선을 주고 가기도 하는 생선 장수 아주머니에게는 생필품을 부탁하기도 한다. 산골동네 구멍가게에는 술, 담배, 과자 종류만 있을 뿐 채소가 있을 리 없다.

어느 날 뜨락에 웃고 있는 깻잎을 따다가 양념장에 재웠다. 점심상에 오른 깻잎 반찬을 보던 남편은 누구네 집에서 가져왔냐며 물었다. 뜨락에서 채취한 거라며 맛이 어떠냐고 물었다. 슬며시 반찬 그릇을 상 밑으로 내려놓고 먹지 말라고 했다. 왜냐고 물었더니 남편은 이건 깻잎이 아니고 샐비어 꽃잎이라고 했다. 갑자기 얼굴이 달

44

아올라 초점을 어디에다 둬야 할지 당황스러웠다. 노처녀가 되어 시집 온 여사가 깻잎과 꽃잎도 분간하지 못했으니 말이다. 누워서 자란 콩나물의 후유증을 제대로 앓고 있는 모양새가 되었다. 나의 우여곡절 많은 신혼생활의 해프닝을 한데 묶으면 콩트 몇 권은 출판했을 것 같다.

오늘은 어머님이 손수 가꾼 깻잎을 식탁 위에 두고 나가셨다. 깻잎을 양념장에 재라는 말이다. 말을 아니 해도 알 수 있을 만큼 지난 세월 동안 재료만 있으면 어떤 요리도 흉내를 낼 수 있게 되었다. 시루에 누워서 커 온 콩나물은 어느새 투박한 뚝배기가 되어 뜨거운 불에도 잘 견디고 있는 나를 본다.

(2007.7)

말하기, 듣기

"엄마! 병원에서 태아 성별이 나왔어요."

"그래? 뭐라고 나왔어?"

아들이래요. 딸아이가 전화로 전해주는 말을 듣고서 놀랍기도 하고, 반갑기도 했다. 지금 시대는 결혼연령이 늦어져 임신에 대한 어려움이 많은 걸 주위에서 듣고 보면서 임신이라는 하나만으로도 감사한 데다 지금까지 우리 세대에는 남아선호사상 때문에 첫 아이는 아들이었으면 했는데 생각대로 된 셈이라 딸아이가 신통해 보였다.

먹고 싶은 것 한 가지만 말해 보라 하면서 들뜬 마음이 된 나는 마트로 갔다. 입덧을 몰랐던 아이라 어려움 없이 직장생활을 하는 걸 보면서 이것도 자기 복이구나 하면서도 엄마인 나는 신경을 쓸 필요성이 없었던 몇 개월이 마음에 걸렸다. 오늘 하루라도 맛있는 걸 해줘야지 하면서도 막상 고기, 과일 아니면 별다른 게 없어 고기구이를 해주기로 생각했다. 지금은 의식주에 구애받지 않는 생활이다 보니 먹고 싶은 것에 어려움 없이 딸은 태교하는 것 같다. 모든 것에 감사하고 축복을 주신 신께 딸을 대신하여 머리 조아려 고마움을 올린다.

20여 년 전 딸아이가 초등학교에 다닐 때 아들아이를 임신해 매월 정기검진을 할 때면 의사 선생이 초음파기로 진료를 하면서 아주머니, 위로 누나가 있어요? 라며 물어왔다. 예. 지금 3학년인 딸아이가 있어요, 하고 대답을 했다. 그 당시는 성별을 미리 알려주지 않을 때라 40이라는 늦은 나이에 임신한 나는 마음속으로 또 딸이면 어떻게? 하는 불안감이 따랐는데 그때 의사 선생은 위에 누나가 있어요? 하면서 노산인 나에게 연민이 가서 물어보는데도 아둔한 여자는 예 하고 대답만 했지. 의사의 말뜻을 알아듣지 못했다.

7개월이 되어서야 나는 나름대로 머리를 써서 물어본다는 말이 선생님 친정에서 산후조리를 하려고 하는데 아기용품을 구입할 때 어떤 색상으로 준비하면 좋을까요? 라고 물어봤다. 의사는 아무래도 누나 것은 너무 오래되었으니 바꿔야 할 것 같아요. 하면서 나를 보고 7개월 동안 해답을 주었는데도 "아직도 말뜻을 알아듣지 못하는구나." 하는 표정이다. 좋은 뜻으로 순수한 거고, 나쁘게 말하면 모자란 사람이 되었던 나는 그때 의사 선생님의 말뜻을 정말 몰랐다.

1개월 전에 딸아이가 정기검진을 했는데 의사 선생이 "초음파 검진을 하면서 코가 오똑한 게 태아가 잘생겼네요."라고 했다는 말을 딸아이가 내게 전했다. 그 말을 듣고서 나는 딸에게 엄마 경험으로는 아들이라고 말했다. 그 말의 뜻은 여아를 의사 선생은 예쁘다고 말하지, 잘 생겼다고 말하는 사람은 극히 드물다는 말을 해줬다. 엄마는 어떻게 말의 의미를 잘 알아들을 수 있냐는 표정이다. 20여 년 전 말하기, 듣기 경험이 지금에야 빛을 발하는 것 같아 딸아이 앞에서 어깨가 우쭐해지는 기분이 들었다.

세상은 글보다 경험이 우선이라는 생각을 한다. 나이가 가져다주는 생활 경험이 말하기, 듣기를 뛰어넘어 이제는 말을 안 해도, 표정과 동작만 봐도 그 생각들을 읽을 수 있는 나는 어느새 젊음이 있는 곳에는 쭈뼛쭈뼛 눈치를 보게 되면서 할머니의 칭호를 받는 날이 내 코앞에 그림자가 되어 다가서고 있는 것을 보고 있다.

(2010.4)

48

제2부

설해목이 우는 밤

제2부_설해목이 우는 밤

무속신앙

아직도 옷깃 속으로 찬바람이 들어오는 삼월 며칠 전부터 나는 감기 몸살처럼 온몸이 축 쳐지는 것 같았다. 남들이 감기만 앓아도 밥맛이 없어 죽겠다고 할 때면 "엄살도 여간이 아니네." 하는 생각을 하곤 했던 내가 정말 중병이라도 걸린 사람처럼 며칠을 밤이면 식은 땀으로 샤워를 했다. 그래도 아침이 되면 시간에 맞춰 식사 준비를 하고 외출도 하면서 지냈다. 식구들은 나를 워낙 잘 먹고 잘 자는 사람으로 인식하고 있어 내가 아프다는 것에 크게 신경 쓰지 않고 생활한다.

병은 알리라는 말이 있는데 도저히 못 견딜 정도기 되어야 말하는 성격이라 시간이 지나면 낫겠지 하면서 잠자리에 들었다. 한참 자다가 갑자기 배가 부풀어 오르는 것 같은 느낌에 잠에서 깼다. 곁에서 자고 있는 남편이 깨어날까 봐 조심스럽게 화장실을 왔다 갔다 반복하면서 밤을 보냈다.

이튿날 아침 가까운 내과에 가서 밤에 일어난 상황을 말했더니 의사는 위경련인 것 같다고 했다. 처방해준 약을 타오기만 했는데도 말끔히 나은 기분이 들어 이웃집에서 노닥거리다가 저녁때가 되어서야 집에 온 나는 충실한 일상으로 돌아갔다. 며칠 약을 먹으면서 편안함을 느끼며 아프다는 것을 잊고 지냈다.

지난봄에 딸애가 우리 집 앞에 있는 APT로 이사를 오겠다며 나에게 이사 가는 좋은 날을 알아봐 달라며 전화를 했다. 젊은 애들이 미신은(?) 하고 물어보니 시어른이 그것만은 꼭 지키라고 했다는 것이다. 시어머님 생전에 따라갔던 무속인에게 이삿날을 받고는 어머님이 돌아가신 것도 알리면서 차를 마시는데 그녀가 내게 하는 말이 내년에는 몸에 칼자국이 나겠다며 흘러가듯 말을 했다. 아직까지 수술이니 입원이니 하는 것은 아이 둘 낳을 때 제왕절개 수술 받은 것이 전부였던 나는 그녀에게 나이 육십이 넘어 막둥이 한번 만들어야지 하며 농담으로 받아넘겼다.

그날도 잠자리에 들었는데 돌아눕기가 버거울 정도로 진땀이 흘

54

렀다. 혹시나 "충수염이 아닐까?" 하면서 다리를 올려보기도 하고 옆구리를 눌러봐도 통증은 없었다. 그런데도 여전히 땀은 흐르고 어디를 꼬집어 아프다는 곳을 찾을 수가 없었다. 이러다가 "응급실을 찾아야 하는 게 아닐까?" 하는 두려움이 느껴졌다. 어서 아침이 오기만을 기다리면서 뒤척이다가 불현듯 지난해 무속인이 흘리듯 했던 말이 기억이 났다.

혹시? 그녀의 말이 현실로 다가온 게 아닐까? 라는 의아심이 나를 종합병원으로 안내했다. 의사는 진료를 한 후 식사는 했냐고 물어보고는 오후에 CT 촬영 후 결과를 보자며 입원 수속을 하라고 했다. 오후가 되어 알게 된 CT 결과는 충수염이었고, 의료진들이 급히 나를 수술실로 이동시켰다. 둔한 건지 모자란 건지 내가 생각해도 어이가 없었다.

남들보다 긴 수술 시간을 보내고 회복실을 거쳐 입원실까지 옮겨진 후 정신을 차려보니 나의 배에는 세 개의 구멍이 뚫려 있었고, 그 속으로 호스를 끼워 일주일 동안 담쟁이덩굴이 되어 매달려 있는 주사약이 내 몸을 스토커처럼 따라다녔다. 사람이 아파서 약해지면 작은 것 하나에도 그냥 지나치지 않는 것처럼 무신론자인 나도 그 순간만은 무속인의 말에 의지했다고 본다.

사람들이 믿는 갖가지 신앙이 있다. 정확하게 말할 수 있는 신앙이 어떤 것인지는 몰라도 기독교에서 말하는 사랑과 용서든, 불교에서 말하는 자비와 공덕이든, 어떤 신앙이라도 자신들이 살아가는 데 정신적인 위로가 되면 진정한 신앙이 아닐까?

　인간과 신의 가교역할을 하는 무속인, 그리고 그에 따른 무속신앙도 살아가는 데 마음의 치유가 가능하다면 우리가 믿고 싶은 신앙의 하나라고 생각하고 싶다.

(2013. 3)

밥상

　3박 4일 일정으로 동네 관광계원들과 여행을 갔다. 여인들의 관광은 구경이 우선이 아니라 해묵은 스트레스를 치유하는 공동체라고 말하는 게 정확하다. 차 안에서는 경쾌한 음악과 동시에 신나는 신체 운동이 지칠 때까지 이어지고 차려놓은 세끼밥상은 지방마다 특색 있는 음식 맛을 선보인다. 여인들이 집에서 끼니마다 바꿔야 하는 반찬 걱정을 떠나 투정들을 해가면서 먹을 수 있는 자유로움이 최고의 대접인 셈이다.

　잠자리는 합숙 형태로 갖춰져 자는 시간보다 노는 시간이 연장되는 가운데 하루하루가 웃음이 더 많아지는 시간 속에서도 밤이면 집에다 전화를 하느라 분주함을 떠는 모습을 보면서 촌각을 다투는 생각의 변화를 보고 느낄 수가 있었다.

몇 년 전만 해도 남편들에게 통화를 할 때면 며느리에게 밥 챙겨 드리라고 부탁해 두었으니 걱정하지 말라는 대화들이었는데 올해는 아침 산책 나갔다가 해장국집에서 아침 챙기고 점심에는 친구 만나 식사하고 저녁에는 국을 따뜻하게 데워서 식사하라는 통화를 하면서 너무도 빠르게 변해가는 가족관계가 핵가족으로 매듭지어지는 것 같아 씁쓰름해진다. 2년에 한 번씩 떠나는 여행이지만 이번 여행은 어머님이 돌아가신 후 처음이라 남편을 딸 부부와 지내게 했다. 여행 3일째 되는 날부터는 내일이면 좋은 세월이 끝이라며 혼신을 다해 놀고먹고 떠들며 웃음바다를 만든다. 우리 나이에 적당한 음담패설을 서슴없이 하는데도 낯 뜨겁지 않게 듣고 맞받아치면서 더 나이가 들기 전에 체력이 허락할 때까지 여행하자며 1년에 한 번씩이 어떠냐? 하며 물어들 온다. 돈이 있어도 건강이 허락하지 않으면 소용없다며 다들 동조하는 분위기다.

도착하는 날 식당에서 저녁을 먹는데 남편에게서 전화가 왔다. 어디까지 왔냐며 물어왔다. 1시간 후면 도착한다고 답했다. 내심 많이 기다렸나 보다. 많은 추억들을 만들고 챙기면서 아쉬움이 남는 여행이 끝나고 집으로 가는 여인들은 손이 모자랄 정도로 각 지방의 특산물을 가득 들고 있었다. 나 역시 지방마다 별미 반찬을 싸 모았더니 한동안 밑반찬 걱정은 없게 되었다. 집에 도착하니 욕실부터 빨 랫간이 쌓여 있는 게 쓰레기 처리장 같았다. 손자 녀석이 감기에 중 이염을 앓다 보니 이 정도면 양호한 편이라고 생각하는 게 좋을 것 같다.

내 자리로 다시 돌아와 남편과 밥상을 마주하고 여행에서 즐거웠 던 이야기를 하는데 남편은 3박 4일 동안 눈칫밥을 먹는 기분이었다 고 했다. 평생을 내가 아니면 어머님이 챙겨준 밥상이 편하고 부담 이 없었는데 자식이 결혼해서 부부가 먹는 밥상에 함께하는 식사는 남편의 성격상 불편하기가 말할 수가 없었나 보다. 몇 년 전부터 어 머님이 이젠 자식 눈치가 보인다고 하신 말이 무엇을 의미하는지 조 금은 알 것 같았다. 내 밥상을 내가 준비할 때까지 남편과 나는 건강 을 위해 노력하면서 노후대책의 일환으로 실버타운에 한발씩 다가 가는 현실에 경제력이나마 자식들에게 부담되지 않는 방법을 찾아 근검절약하는 습관을 생활화하는 마음가짐부터 바꿔야 되겠다는 생 각을 하면서도 그래도 누가 차려주는 밥상이 내 인생에 최고의 밥상 이 될까? 라는 상념 속에 잠겨보는 하루가 되었다.

(2011. 5)

버킷리스트

올해는 만 65세가 되어 사회단체에서 하는 교육 수강에는 연령 제한에 적신호가 켜진 셈이다. 살아가면서 뜻깊은 선택이 되는 게 뭐가 있을까? 죽기 전에 해보고 싶은 것, 버킷리스트의 의미를 잠깐 생각했다가 그것도 건망증에 정기예탁을 해 버리고 몇 개월이 지났는데 은행 창구에서 우연히 사회단체가 주관하는 주부대학 수강생 모집 유인물을 보게 되었다. 그래! 마지막 학위에 한 번 도전해보자. 인생을 살아가는 길에 하고 싶은 것을 다 할 수는 없지만 선택할 수 있다는 것은 아직 희망이 있는 시간이 아닐까? 라고 생각하면서 등록을 했다.

입학식 날이다. 아이들 입학, 졸업식에는 참석해봤지만 주부대학 입학식은 처음이었는데 시간에 도착하니 입구부터 꽃장식이 내 눈을 멈추게 했다. 자식들의 꽃다발이 엄마들 손에 쥐어져 있는 게 의아할 정도로 살아온 나는 다른 나라 문화를 본 느낌이 들었다. 딸애에게 이야기를 하니 엄마가 이상한 사람이라는 답을 내버린다. 그렇게 시작된 주부대학은 주제가 교양 중심 70%, 정보, 봉사활동으로 구성된 셈이다. 일주일에 한 번이니 여가선용도 되어 보람도 느끼면서 학업에 열중하게 되었다.

상하반기 코스로 배출된 졸업에 브레이크가 걸렸다.

온 나라에 갑자기 퍼지는 메르스MERS 여파에 강릉에서는 단오 행사까지 취소됐다. 전 국민이 뉴스를 보면서 인간에게 퍼지는 재앙에 최고의 의료센터의 의료진도 맥없이 쓰러지는 것을 보면서 과학과 의학이 공존하는 현실에도 피할 수 없는 인간의 한계를 보면서 주의에 주의를 하는 것 외에 어떤 대책도 없었다. 방송으로 전해지는 가족도 참석 못 하는 장례식 오열을 보면서 삶의 허무함에 다시 한번 불안에 떨고 있었다.

메르스 여파로 졸업식은 예약 없이 보류되어졌다. 1개월 후 졸업식 날짜가 잡혔다는 연락과 졸업전야제에 참석하라는 문자를 받고 장소로 나갔는데 언제 메르스가 우리를 불안으로 몰아넣었지? 라고 할 정도로 메르스는 까맣게 기억 저편에서 잠자고 있었다. 7월의 더

위 속에도 나이를 잊은 학생들은 이 밤이 지나면 인생이 끝나는 것
처럼 정열을 다해 자신의 끼를 발산하고 있었다. 졸업식 전야제는
그렇게 추억을 엮어가고 있었다.

　졸업식 날! 많은 내빈과 역대 학생회장들이 모인 자리에서 치러지
는 날 예쁜 한복을 입고 사각모에 가운을 입고 입장하는 졸업생들은
긴장과 엄숙함까지 보였다. 졸업 식순에 사회단체장은 13년 동안 26
기를 배출했는데 27기는 메르스 여파로 1개월 늦은 졸업식이라 오
래 기억에 남을 거라며 축사를 갈음했다. 과학과 인간의 힘이 천재
지변을 막을 수 있다면 우리가 살아가는 데 놀람과 슬픔을 덜 수 있
을 텐데. 버킷리스트 중의 하나는 완성되었지만 마음 한편에 남은
납덩어리는 무엇을 내게 말하는지? 자연과 기후변화에 지구가 오염
되지 않는 환경을 위해 나부터 실천해야겠다.

(2015. 7)

부모 천년수父母 天年壽

　내가 매월 가는 30년이 되어가는 단골 음식집이 있다. 보리밥을 파는 집인데 그때 그 주인이 이젠 고희를 넘긴 세월인데도 옛날 그 손맛으로 손님을 맞이한다. 변하지 않는다는 것은 세월을 잊는 비결 같아 좋다. 작년부터 친정 노모를 모셔 왔다고 하는데 100세가 넘은 어른은 허리만 굽었지 건강해 보였다. 시골집에서 봄부터 가을까지는 텃밭에서 움직이시다가 겨울에는 추위 때문에 모셔 온다고 했다. 어쩜 저리도 건강할까? 장수를 하는 비결이 호의호식만은 아닌 것 같다. 우리 팀이 모여서 두 시간 정도 있는데도 5분도 가만히 앉아 있지를 않으셨다. 나름 장수의 비결은 많이 움직이는 데서 오는 것 같았다.

내 어머님도 내년이면 팔순이 되신다. 눈, 귀 어디 불편한 데 없이 건강하시다. 흉보는 것 같지만 나보다 더 건강하다고 해야 될 것 같다. 정해진 시간에 일어나서 밤 9시가 지나면 옥상에서 20여 분 걷기를 하고, 몸을 씻으시고는 잠자리에 드신다. 당신 스스로가 건강관리를 생활화하신다. 얄미울 정도로 건강관리를 하는 것을 보면서 장수를 하는 것도 노력이 90%라는 생각을 해본다.

며칠 전 모임 날에 다시 찾은 보리밥집 벽면에 '父母 千年壽'라는 글이 붙어 있었다. 여느 서예가 필체와 비교해도 손색없이 멋져 보였다. "누가 이런 좋은 글을 붙여 놓았어요?" 하고 물었더니 외국에 살고 있는 막냇동생이 노모를 뵈려왔다가 써 놓고 갔다고 했다.

우리 팀은 그 이야기를 듣고는 생각의 희비가 엇갈렸다. 누가 누구를 모셔야 될 나이인지? 모녀 다 노인 보호 대상인데 효도는 글로하는 게 아닌데 라는 생각들을 하나 보다. 부모가 짐이 되는 세월이라는 것을 느끼면서 자식이 울타리가 되는 세상은 이젠 옛말 같아 씁쓸함이 남는다.

지금은 의료복지혜택으로 간병인이 돌봐주는 노년의 병상 뉴스를 접하다 보면 다소나마 위안이 된다. 가정에 환자가 있으면 모든 리듬이 깨어지는 노래처럼 힘들어지는 건 어쩔 수 없는 현실로 받아들이지만, 모였던 우리들은 느낌과 생각들을 이야기하면서 이제는 깨

끗하게 살다 가는 법, 자식에게 짐이 되지 않게 처신하는 법. 어느 요양원이 우리들 노후생활에 보금자리가 되는지 의논하기도 하고 자식들에게 정성을 다하면 외면하지는 않겠지? 하면서 스스로를 위안하는 사람, 여러 분류의 생각들을 듣고 말하면서 우리 세대 오륙십 대 한국의 부모들은 부모님 모시고 자식 뒷바라지로 이어지는 세대라 당신들 앞으로 보험 하나 준비 못 하고 살아왔으니 힘 있을 때까지 손녀, 손자 돌보면서도 자식들에게 용돈 요구도 할 수 없는 입장이라는 게 정확하다고 볼 수 있다. 많은 걸 느껴보는 시간이 되었다.

누구를 위한 효도일까? 이 글을 쓴 막냇동생도 어쩌면 자신을 위로하는 마음이 아니었을까? 라는 생각이 새삼 내게 짊어진 과제처럼 마음이 무겁다. 나는 과연 장수의 존엄성에 박수를 보낼까? 라고 되씹어 본다. 수를 다하는 것은 하늘의 이치지만 인간은 가야 할 시기를 놓치면 외로움과 친구 되는 걸 보면서 삶의 종지부는 신만이 찍는 형벌의 도장이라는 생각을 해 봤다.

(2009. 12)

붕어빵 치수

연중 한두 번 내 몸에 맞춰 옷을 고른다. 삶의 인연에 가장 가깝고도 먼 사이를 사돈지간이라 사람들은 말을 하는데 나는 사부인과 아직까지는 동기간 같은 생각을 한다. 상견례장에서 처음 뵙는데도 나를 보고 사돈, 사돈 하면서 거리감을 좁혀왔었지만 낯가림이 심한 나는 어색하기가 여간이 아니었다. 그렇게 시간이 흐르면서 우리는 정식 사돈이 되었다. 이제는 손자를 본 사이라 흉허물이 묻힐 만큼 가까운 마음으로 왕래를 한다.

사돈 음식은 저울에 달아 보낸다는 말이 내겐 해당이 안 된다. 밑반찬에서 김장까지 먹을 것을 수시로 보내주는 감사함에 일일이 인사하기가 무색하다. 큰 욕심 없이 살아가는 사돈에게 지면으로 다시 한번 고마움을 표하고 싶다. 바깥사돈은 사식을 나눠 살아가는 사이가 예사 인연입니까? 우리네 인생에 욕심이 있다면 그저 손자들 건강하게 자라고 자식들 행복하면 그만이지요, 하면서 당신의 그릇만큼 인생을 살아가는 게 행복이라며 소박한 인생지론을 가지신 분이다. 부창부수라 안사돈은 한 수 더 떠서 퍼주기를 즐기는 생활이 몸에 배어 있다. 음식을 만들어 어디 어디 보낼 곳을 생각하면 힘이 드는 것도 즐겁나 보다.

매사에 즐기는 방법도 다양하다. 힘이 들어 하기가 싫다. 애써서 한 것을 남을 줄 수 없다는 사람들의 생각을 당신은 어떤 마음으로 초월하는지? 보통 사람들이 보기에는 불가사의하다. 참으로 대단한 분이라는 생각을 종종 해보지만 대적할 성격도 실력도 없는 나는 가끔씩 옷가게에 들려 내 몸에 맞는 옷을 고른다. 사부인과 나는 나이와 체격이 별 차이가 없어 일부러 묻지 않아도 인사치레를 할 수 있어 다행이다. 얼마 있으면 바깥사돈 고희연에 가게 되어 사부인 선물은 옷으로 해야겠다.

붕어빵 치수로 만난 것도 인연 중의 인연이 아닐까? 전생에 나는 참으로 공덕을 많이 쌓은 사람이 아닐까? 라는 생각을 가져본다. 시어머님 계실 때도 사흘이 멀다 하고 먹을 게 생기더니 돌아가신 후에도 먹을 게 끊이질 않으니 말이다. 덕과 복을 타고난 사람이 느끼는 소소한 행복을 가꿔 가는 게 쉽지는 않지만 매사에 감사하고 기쁘며 오늘을 소중히 보내야지 하면서도 줄달음질 쳐오는 시간 앞에서 피하지도 못하고 쓰러지는 나이를 볼 때면 어느덧 매달리고 싶은 지지대를 붙잡고 세월아 비켜라 내 나이가 어때서 하며 큰 소리로 객기를 피우고 싶다.

(2015. 3)

사모곡

2010년 10월 10일 10시 10분에 당신과의 마지막 길동무하면서 화장터 시계에 초점을 맞춰보았습니다. 당신을 처음 만난 날도 10월이었고, 헤어진 날도 10월이 되었습니다. 내 어머니보다 더 많은 세월을 당신과 함께하면서 때론 미워하기도 했었고 때론 사랑하면서 어느덧 내 인생의 결재자로 군림했던 30년이라는 긴 세월이 짧게만 느껴지는 건 아마 당신과의 이별의 아픔이 더 크다는 게 느껴졌기 때문입니다.

세상살이가 인생살이가 정말로 힘이 들었을 때는 당신도 미웠고, 당신의 아들도 미웠습니다. 그러나 지금은 내 가슴에 이야깃거리로 쌓여 이 글을 쓸 수 있는지 모르겠습니다. 당신을 떠나보낸 불가마 앞에서 한 줌의 재로 다시 만났을 때는 이미 저는 모든 걸 흐르는 눈물로 씻어버렸습니다. 이것이 인생이 아닐까? 생각하며 나의 마지막도 그려보았습니다.

어머님! 당신은 저와 함께한 30년이 어떠하셨습니까? 어쩜 저보다 더 많은 것들이 힘들었을 거라 생각이 들었습니다. 풀인지, 채소인지도 구분 못 하는 저를 대가족의 맏며느리로 설 수 있기까지 당신의 수고가 저보다 더 컸다는 걸 느꼈을 때가 얼마 되지도 않았는데 당신은 벌써 저의 손을 놓았습니다. 영리하신 당신은 내 마음의 그릇이 커질 수 있게 "집 좁은 건 살 수 있어도 마음 좁은 건 못산다." 하시며 저를 채찍질하셨습니다. 이제는 모든 걸 수용할 수 있는 당신의 버팀목이 되었는데 물처럼 바람처럼 당신을 잡을 수 없게 되었습니다. 당신은 정확하셨고, 청결하셨고, 근면하셨습니다. 저는 당신이 보여주신 생활만큼 따를 수 있을지는 모르지만 그 정신만큼은 기억하면서 살아가겠습니다.

어머님! 45년 전에 이별하신 아버님을 만난 감회가 어떠하십니까? 이야기하시기를 좋아하신 당신이 저에게 제일 먼저 전해 주실 텐데 이생과 저승 사이가 너무 멀어서 들리지가 않습니다. 아니면 아버님과 합방하신 설렘이 부끄러워 말씀을 못 하시는지? 어머님 당신과의 미운 정이 이렇게까지 아플 줄 몰랐습니다. 약주 좋아하신 당신이 때론 많이도 미웠는데 어제 당신을 불가마에 모시고 저도 당신처럼 취해 보았습니다. 술기운에 가슴에 남아 있던 당신과의 대화를 원 없이 울음으로 대신했습니다.

어머님! 이제는 아버님 만났으니 이곳 생각은 하시지 말고 행복한 신혼 보내세요. 행여나 꿈에라도 오실 시간 있으시면 아껴 두었다가 아버님과 같이 명절 두 번, 기일 두 번 손 잡고 오셔서 자식들 보고 가세요. 어머님 그곳 시간도 이곳처럼 소리 없이 가고 있습니까? 저도 어머님 만날 시간이 살아 온 날보다 더 가까이 오고 있다는 걸 느끼고 있습니다. 남은 시간 저희들도 당신처럼 건강하게 살다가 찾아뵙겠습니다. 아버님과 항상 건강하시고 행복하시길 기원합니다….

2010. 10.

어머님 첫째 며느리 올림

4월의 바다

그 날은 그랬다.
봄날의 비보는 그랬다.

수백 송이 꽃들이 떨어지는
맹골수로 회오리 물속
쇳덩이로 가라앉은 늙은 배엔
꽃들의 울부짖음만 만선이다.

시퍼런 죽음 앞에

바람도 돌아누운 서해바다
애절한 절규만 물살을 다고
원혼들의 춤사위를 준비 중이다.

자식을 지키지 못한
세월호를 짊어진 부모들은
팽목항 부둣가에 앉아
멍하니 기억들만 쪼개고 있다.

눈물비가 때린다.
4월의 꽃나무에
천사의 나팔들이 열리고
회귀하라는 간절한 바람도
가난한 시간 안에서
베토벤의 운명 교향곡이 되어

먹먹한 가슴만
때리고 있다.

2010년 아들이 군 복무 중에 천안함 사건을 겪었던 충격이 희미해져 가는데 또다시 엄청난 사건이 온 나라를 울린다. 그 어디에 비하랴 어찌 이런 일이 우리에게 아픔과 고통을 남기는지? 책임 있는 사람이 없는 나라의 일침치고는 너무나 가혹한 형벌인 것 같아 가슴이 짓눌린다. 어른은 어린이의 스승이고 부모는 자식의 거울인데 어른들의 생각이 부족하다 보니 누구를 가르쳐야 하는지 의심스러울 뿐이다.

이런 참상이 다시는 되풀이 되어서도 안 되지만 안전 불감증이란 미세먼지 같아 보이지 않는 시간이 지나면 무의식적으로 되돌아오는 부메랑이 아닐까 하는 생각을 하니 안타까울 뿐이다. 조심스럽게 말해보지만 우리나라 청년들에게 전쟁이 나면 어떻게 하면 좋을까? 하고 물어보면 외국으로 가면 되지 하는 의견도 나올 것 같아 기성세대의 맹점을 보는 것 같아 씁쓰름하다. 이 시각도 인명을 구하는 많은 분들에게 깊은 감사와 염려를 보낸다. 이 엄청난 사건에 무엇 하나 보탬이 되지도 못한 채 염치없이 걱정만 하는 우울한 4월을 보낸다.

(2014. 4)

생물과 무생물

　며칠 전 우연히 지인을 만났다. 오랜만이라 반갑게 인사를 나누고 근황을 물어 보니 몇 개월 사이 아픔을 겪은 얘기를 했다. 15년 동안 동거한 애완견을 보냈다는 얘기를 하면서 엊그제 49제를 해줬다는 얘기와 그 아련한 추억을 지우기 위해 뜨개질에 신경을 쏟는다는 말도 했다. 워낙 불심이 강한 분이라 이해는 하지만 인간과 동물의 이별에 그 정도일 줄이야? 정말 대단한 분이라는 생각이 들었다.

　나도 며칠 전 15년을 동고동락한 애마와 영원한 이별을 했다. 남편과 함께 손자들 X-마스 선물을 준비하려 대형마트로 가는 길에 신호를 받고 있을 때 갑자기 우리 애마가 10미터 정도 공중부양을 하면서 괴성을 질렀다. 왜 이러지? 분명히 브레이크를 밟고 있었는데 애마의 비명소리가 4차선 도로를 뒤흔들었다. 뒤를 돌아보니 따르는 자동차도 없는데 우리는 도로 중앙에 고립되어 있었고 영문도 모르는 남편과 나는 마주보며 살아 있음에 안도의 숨을 쉴 수가 있었다.

어느새 모여들었는지 견인차, 경찰차, 보험회사 차들이 임종을 지키는 가운데 나의 애마는 마지막 순간 화려한 플래시 세례를 받으며 최후를 맞이하고 있었다. 반쯤 정신이 나간 우리 부부에게 가해차량 운전자가 다가와 보험회사가 알아서 수습해주니까 걱정하지 않아도 된다는 말만 하고는 어디 다친 데는 없으시냐는 말도 없이 가버렸다.

2001년에 인연을 맺은 애마와 수없는 스킨십으로 사랑을 나누면서 함께한 시간들이 15년이나 되었는데 갑작스런 사고로 손도 쓸 수 없이 저 먼 곳으로 보내게 되었지만 나는 내 몸 걱정만 했지 애마와의 추억을 한번쯤 생각해 주지도 못한 채 떠나보냈다. 아둔한 나를 위해 마지막까지 그는 아낌없이 남기고 갔다. 병원비며 보상 문제도 100% 손해 없이 정리를 하고서는 그와 똑같은 친구를 내게 보내주었다. 내말을 들을 수 있다면 늦었지만 정말 사랑했다는 얘기를 해주고 싶다.

생물과 무생물의 차이의 느낌은 다르지만 나를 위해 보낸 많은 추

76

억들이 고맙고 소중하게 다가오는데 그때는 정말 몰랐던 나를 지인의 애완견 사랑이 일깨워 주었다. 살아가면서 무엇이 소중한지 하나하나 배워지는 게 나이가 아니라 경험이 주는 교훈이라는 걸 느끼며 다가오는 시간 앞에서는 감사함을 만들어가는 나를 연습해야겠다.

(2014. 12)

설해목이 우는 밤

설해목들이 뚝—뚝 비명을 지르는 밤. 흰 눈밭을 거북이 걸음마로 달려 아들의 입영 전야를 동행하면서 영하 10도를 웃도는 날씨 속에 몸보다 마음이 먼저 긴장감으로 얼어들어갔다. 휴게소에 차가 정차할 때마다 아이는 감정을 추스르지 못하고 연신 소리를 지르며 눈밭을 뛰면서 불안감을 달래고 있었다.

부모가 되어 자식을 버리고 사는 심정은 어떨까? 남북 이산가족은 전쟁이라는 분단의 아픔이 준 파편이라지만 생활이 힘들어 버려진 자식들의 해외입양이라는 슬픈 사연들을 TV로 볼 때도 내가 경험하지 않았던 일들이라 하나의 드라마 같은 감정뿐이었는데 지금

내 눈앞에 보이는 아이의 불안감을 같이 느끼면서 나 자신도 걷잡을 수 없는 감정의 소용돌이가 집채만 한 파도가 되어 밀려든다.

부모가 되어 자식 앞에서 눈물을 보이면 아이가 더 힘들어 할까 봐 애써 태연한 척하고 있었지만 가슴에 일렁이는 눈물은 거친 기침 소리가 되어 참지 못하고 연신 입 밖으로 새어 나온다. 부대까지는 명일 13시까지 가면 되기에 춘천 시내에 숙소를 정한 우리 부부는 아들, 딸 내외랑 한방에서 입영 전날을 보내게 되었다. 자식들을 가운데 눕히고 창으로 보이는 설경을 보면서 혹한에 자식을 군에 보낸다는 생각에 가슴이 시려 긴 밤을 뒤척이는데도 시간은 정신없이 흐르고 있었다.

입소하는 날 부대 정문 앞에서는 안내방송으로 신종 플루 때문에 군 입소식에 가족 참관을 할 수가 없으니 정문 앞에서 작별 인사를 하라는 방송이 쉴 사이 없이 흘러나왔다. 우리 가족들도 그렇게 돌아서야 했다. 아이와 포옹을 한 나는 아들에게 부모가 돌아가셨을 때, 친구가 죽었을 때, 나라를 잃었을 때 우는 거라고 했다. 아들도 울음을 잘 참는 것 같았다. 아들은 부모, 형제를 뒤로하고 부대 안으로 들어가면서 참았던 눈물을 흘렸을 것 같다.

102 보충대대 앞에는 눈밭을 헤치며 자식을 데리고 온 부모, 형제, 친구, 연인들이 장사진을 치고 있었다. 이 많은 사람들의 표정이

우리와 다를 게 하나도 없다는 게 복사판처럼 보였다. 돌아오는 길이 왜 그리도 힘들고 가슴이 아려오는지 내 존재의 의미가 혹한의 날씨에도 다 녹아버리는 것 같아 차창 밖으로 향한 시선이 흐려지고 있었다.

22개월이라는 군 생활에 면회, 휴가, 외출이 있는데도 가슴속에 많은 여운을 남긴 채 사위가 운전하는 차는 흔들리는 빙판길 위로 침묵을 지킨 채 내 집을 향해 달리고 있었다. 눈 덮인 차창 밖은 설원의 평화로움이 감돌지만 남편의 얼굴에는 표현할 수 없는 슬픔이 감돌고 있었다. 여자는 눈물로 슬픔을 표현하지만 남자는 슬픔을 참다 침을 뱉으면 피가 나온다고 한 남편의 말이 생각이 났다.

눈을 감고 있는 남편에게 말 한마디 건네지 못한 채 집으로 온 나는 아이가 없는 빈방에서 시간아 어서 지나가라는 마음으로 세탁물을 찾아 세탁기를 돌리고 아이 방 청소를 했다. 이 밤이 지나면 제대날이 하루하루 빨라진다는 생각 하나로 뺄셈을 하고 있는 단순한 엄마가 되는 연습을 하고 있었다. 정신이 나간 사람처럼.

(2010. 1)

어미새의 노래

꽃잎은 핏빛으로
눈밭에 젖을 때
꽃가지에 매달린
어미 새가 부르는
심청가 판소리는 파도에 실려
바위의 가슴을 할퀸다.

체온도 줄 수 없는 바위는
피범벅이 된 어미 새에게
상처를 남기며

파도의 채찍에
온몸을 맡길 때면
어미 새의 노래는
메아리 되어 바위에
귓전을 때린다.

—저자, 「동백이 지는 날」

친구의 아픔이 내게 전이되던 날 어떤 말로도 위로가 될 수 없어
내 마음을 대신한 글이다. 작은 바람은 아픔을 가슴에 두지 말고 기
억 저편에 묻어 두었으면 하는 것이다.

제3부_젊은 피 바다에 묻고

옆집 오빠
─ 붉은 울음

　내겐 50년이 지나도 봄이면 어김없이 찾아오는 아픈 기억이 있다. 옆집 오빠는 친구의 오빠다. 그 시절은 조부모, 부모, 자녀들은 보통 다섯 명에서 일곱, 아홉은 흔하게 볼 수 있는 3대가 한집에서 생활하는 가족으로 구성되어 있었다. 50년대에 농촌은 보릿고개의 배고픔을 피해갈 수가 없었다. "아이야 뛰지 마라 배 꺼질라"라는 말을 할 정도였으니까.

　친구 집은 두부를 만들어 시장에 내다 파는 일을 했다. 두부를 만들고 나온 콩비지는 온 식구들의 주식이 되어 배고픔을 달래는 생활 속에서도 교육은 절대적인 꿈과 희망이기에 부모님들은 위로 두 아들을 고등학교에 보냈다. 그 후 국방의 의무로 오빠도 국군이 되었다. 힘든 군 생활을 보내고 첫 휴가를 오면 동네는 집집마다 식사 한 끼를 대접하는 이웃들의 정겨움도 있었다.

나는 외지에서 학교를 다니게 되어 몇 년은 고향을 방학 동안에나 찾게 되었는데 이상한 말을 부모님께 듣게 되었다. 옆집 오빠가 군 생활 중에 한센 병 환자가 되었다는 것이다. 너무나 황당하고 상상할 수도 없는 기막힌 말에 내 머릿속은 하얗게 석고가 돼버렸다.

옆집 오빠는 내가 왜 이런 병을 앓아야 하는데? 이런 법이 어디에 있어? 하면서 몇 날을 오열로 보냈다는데, 그때는 오빠의 절망과 충격을 십 대인 나는 절실하게 공감은 하지 못했다.

나이가 들어 보리밭 물결이 넘실대는 봄이면 서정주 시인의 글이 나를 유년의 길로 되돌아가게 한다.

해와 하늘빛이
문둥이는 서러워
보리밭에 달뜨면
애기 하나 먹고
꽃처럼 붉은 울음을 밤새 울었다.

인생 뒤안길에 서서야 나는 옆집 오빠의 피를 토하는 절규의 의미와 붉은 울음의 의미를 공감하면서 이 글을 써본다.

(2020. 5)

운동회 날

　내 아이는 늦둥이다! 나이 마흔에 바라던 아들을 봤다. 누나가 열 살을 먹은 후 난 아이라 친척들의 축복은 곱하기에 곱하기를 했다. 축복이란 그렇게 시작되나 보다. 내 아이는 봄, 여름, 가을, 겨울을 넘나들며 꽃봉오리 터지는 소리를 내는가 하면, 녹음 짙은 나무가 되어 더위를 잊게도 하고, 눈이 먼 들판을 황금물결로 채워주기도 하며, 흰 눈처럼 욕심 없는 사랑을 알게 하면서 이제는 사춘기를 겪 는, 여드름이 귀엽게 박힌 청소년이 되어 가고 있는 중이다.

　늦둥이 가을 운동회 날이다. 하늘 맑은 가을은 살아 있는 여유와 풍성함을 주는 계절의 안주인다운 넉넉함이 있어 더없이 좋은 계절이다. 새벽부터 잠 설치며 기다리던 나는 마음만 분주하여 김밥만 준비하는데도 꽤나 시간이 걸렸다. 이젠 세월이 좋아 양념 통닭은 주문만 하면 점심시간에 맞춰 정확히 학교로 배달해 주는 편리함이 되어 있다.

운동회를 시작하려면 아직 멀었는데 벌써부터 운동장에는 인파의 물결이 만국기 아래서 너울거린다. 같은 색의 운동복을 입은 아이들은 그 아이가 그 아이 같아 내 아들 찾기가 쉽지 않았다. 운동회 공식 식순 다음으로 "1학년 어머님들은 운동장 안으로 입장하세요."라는 안내방송이 들렸다. 프로그램에 따라 엄마와 함께 하는 무용 시간인가보다. 운동장 가운데로 모이는 엄마들 숲으로 나도 나갔다.

웬걸! 왜 이래? 나를 잊고 산 10년이라는 세월이 이렇게 까지나? 요즈음 말로 쭉쭉빵빵인 엄마들이 언니인지, 이모인지? 뒷걸음칠 수도 없이 무용 반주에 맞춰 내 아이 동작을 따라 할 수밖에 없는 나를 곁눈질하는 젊은 엄마들의 표정에서 나는 맞벌이 하는 엄마 대신 어설픈 몸짓으로 무용하는 할머니가 되어 늦둥이의 손을 잡고 춤동작을 따라 하면서 예쁜 단풍잎이 되기도 하고 낙엽이 되기도 하며 세월의 공감을 만끽하면서 늦둥이의 운동회는 그렇게 시작되었다.

그래도 나는 내 아들의 운동회 날을 매년 기다리는 마음만은 젊은 엄마인 걸. 오색 말이 김밥이 내 아이 입속에서 무지개 되어 씹혀질 때면 엄마의 볼우물엔 다디단 미소가 고이고, 오동통한 통닭 살이 내 아이 입술에 매달려 식욕을 달래주는 모습을 보는 것만으로도 배부른 나의 행복은 오색풍선이 되어 가을 하늘로 떠다닌다. 쉰이 넘은 나이에 늦둥이와의 운동회 날을 추억하면서 다시 젊어지는 나를 확인해 본다.

(2003. 10)

유품(반지)

시어머님이 우리 곁을 떠난 후 형제들이 모인 자리에서 저금통장과 당신이 병원 응급실에서 빼놓은 금반지 하나를 두고 나의 의견을 말해야 했다. 생전에 입버릇처럼 하시던 말씀이 통장은 당신의 장손인 우리 아들 몫이라고 하셨고, 반지는 당신 생신날이면 딸들이 와서 금반지를 노인이 끼고 다니면 다친다고 농담 삼아 딸들에게 물려달라고 할 테면 이 반지는 큰며느리에게 준다고 하셨단다.

이제는 유품으로 남아 내 결정을 기다리고 있다. 먹는 것이라면 나누어 먹으면 그만이지만 당신의 유품을 어떻게 해야 빛이 날까? 하고 며칠을 고심하다가 남편에게도 의논하지 않고 삼우제가 지난 후 형제들 앞으로 들어온 부조금 결산을 마친 자리에서 통장과 반지를 내놓고는 이 통장은 어머님이 장손에게 준다고 하셨지만 그 이면에는 다른 깊은 뜻이 있어 제게 부탁하신 것이라 알고 있습니다. 제가 생각하기로는 당신보다 먼저 저세상으로 간 아들의 손자에게 주어야 할 장학금이라고 생각합니다. 그리고 반지도 같이 쓰였으면 합니다. 형제들도 미처 생각 못 한 일이라 혼자 결정한 나의 의견을 호의적으로 받아들이는 모양이었다.

막내 시동생이 형수님 반지는 어머님 뜻에 따라 형수님이 가져야 한다고 했다. 그 뜻은 마음으로 받아들이고 반지에 상응하는 금액을 통장에 넣겠다고 했다. 당신과 살아 온 긴 세월 동안 책임과 도리를 제대로 하지도 못했는데 당신이 남긴 유품이 나의 마음에 짐이 되지 않고 생생히 남아 전해졌으면 하는 바람이다.

내가 결혼 날짜를 받아 놓고 예물로 결혼반지를 맞추려 어머님을 따라 금은방에 갔을 때가 생각이 났다. 젊은 나이에 황금색 반지보다 백금 반지를 하고 싶어 하는 나를 보고 뒤돌아보지도 않고 가게를 나가시던 당신을 보면서 많이도 혼란스러웠다. 결국은 3돈짜리 백금 쌍가락지를 받고 결혼식을 했는데 어느 날 외상으로 반지를 해 준 돈을 갚아야 한다고 했다. 일생을 외상 반지 받고 결혼한 여자라는 서운함이 마음속에서 수식어가 되어 그림자처럼 나를 따라다녔다. 어머님이 당신의 반지를 꼭 내게 주겠다는 의중도 맏며느리의 외상 반지 사연을 기억하고 계셨기 때문인지도 모른다.

 이제는 옛이야기로 남겠지만 당신과 나의 애증의 세월은 어느새 강이 되고 바다가 되어 파도와 해일에도 끄떡도 않은 채 집채만 한 기억들을 반추하고 있다.
 "파도여 슬퍼 말아라. 파도여 춤을 추어라. 끝없는 몸부림에 파도여. 파도여 서러워 마라."라는 노랫말처럼 내 손에 끼워진 반지의 추억도 아픔도 다 삼켜버린 바다가 되어서 말이다.

(2010. 11)

이별 예감

　며칠째 하루 두 번씩 면회만 하는 중환자실에 시어머님이 계신다. 당신의 아들들이 번갈아 가면서 24시간을 대기하고 있는 오늘이 어머님을 보내야 하는 준비를 하는 모양새로 비춰진다. 오늘은 조금 호전되었다가 내일이면 위중해 보이는 병세를 보면서 어떤 방안도 내지 못한 채 시간 메우기를 하는 것 같아 안타깝기만 하다. 밥을 먹어도 맛을 모르고 먹어야만 병원 가서 교대할 수 있다는 무의식적인 행동이 반복되어 가면서 생활 리듬이 흔들려도 몸이 가는 쪽으로 움직이는 것 같다.

　아흔을 문턱에 두고도 병원 입원을 몰랐던 시어머님이 마지막 가을을 보내는 게 아닐까? 하는 두려움과 내게 다가올 이별을 준비하라는 기간이 아닐까 하는 복합적인 생가을 하면서도 그래도 맘짱한 정신력으로 버티시는 것 같아 안심을 해본다.

늦둥이 손자 유치원 소풍날, 당신과 함께한 사진 중에 잘 나온 한 장을 사진관에서 흑백으로 현상한 후 영정사진으로 준비를 했다. 갑작스런 일을 당해서 주민등록 사진으로 영정사진을 만드는 생활 단면을 봐오면서 작은 것이지만 준비된 이별을 하고 싶은 마음에서 하나하나 챙기기 시작했다.

시어머님이 가시는 전날 밤은 남편이 중환자 대기실에서 대기하는 날이라 텅 빈 집에 혼자서 자보기는 처음이었다. 이 생각, 저 생각으로 뒤척이다가 새벽에야 잠들었는데 어머님이 꿈에 나타나 아무 말씀도 없이 침대 옆에 서서 나를 내려다보고 있었다. 잠결에도 아프신 분이 어떻게 오셨지? 하면서 처다보니 연분홍 치마에 분홍옷고름을 한 흰 저고리를 입으신 어머님이 말없이 나를 보고 계셨다. 깜짝 놀라 일어나 보니 꿈이었다. 혹시 나와의 마지막을 알리려 오신 게 아닐까? 라는 생각에 남편에게 전화를 했다. 시어머님 상태가 어떠냐고 물어보니까 의사가 왕진했는데도 별말이 없었다고 해서 안심을 했다.

오후가 되어 간식을 준비해서 병원을 찾았는데 시동생이 중환자

실로 가면서 손짓을 했다. 혹시 하고 놀라 들어갔더니 심장이 멎어
가는 순간이었다. 당신의 손을 잡고 서서히 멈추는 숨소리를 느끼면
서 어젯밤 꿈에 보았던 고왔던 모습이 오버랩되었다. 어머님과 나와
의 30년의 인연이 마치는 순간이지만 당신과의 인연은 살아가는 동
안 많은 교훈이 되어 새록새록 당신을 기억하며 때론 아픈 기억도
추억할 수 있는 세월 속에 갇힌 미숙한 여인이 되어 있겠지 ….

(2010. 12)

인연
― 스승과 제자 사이

아침 준비를 위해 주방 싱크대 앞에 서기 전에 나는 먼저 라디오를 켠다. 하루의 뉴스와 시사 앵커의 간결한 정보와 말솜씨가 하루의 첫 단추를 열어주는 신호탄이 된다. 한가로이 신문을 보는 남편과는 대조적으로 식구들 아침 준비하랴, 큰아이 출근시키랴, 작은아이 등교시키다 보면 10시 전에는 편안히 앉아 볼 수가 없다. 그래서 시작된 라디오 켜기가 그나마 밥만 하는 엄마로부터 탈피하는 계기도 되며 기분 전환도 된다.

일 년 중 가장 아름다운 5월은 보은의 달이기도 하다. 어린이날, 어버이날, 스승의 날, 가정의 달, 5월은 라디오 프로에서 나오는 멘트 또한 아름답다. 인연을 주제로 한 구절이 내 마음에 와닿았다.

전생과 이생의 인연에서 옷깃 한번 스치는 인연은 500번, 한 민족으로 태어난 인연은 4,000번, 부부로 태어난 인연은 7,000번, 스승과 제자로 만나는 인연은 10,000번 이상이 되어야 인연이 된다는 말이 5월 한 달 같은 시간에 잔잔하게 라디오에서 흘러나온다. 처음에는 건성으로 듣고 흘러 버렸는데 매일 그 시간이면 내 귀에다 입력시켜 준다. 서서히 외워졌다. 부부보다 스승과의 인연이 더 많이 스치는 인연이 된다는 데 의구심이 들었다. 짧은 멘트에서 여운이 오래가는 구절이다.

인간이 태어나기 위해 어머니 배 속에서 10달 동안 견디는 것도 힘들고 어려운데 스승과의 인연이 일만 번이라는 것은 실로 많은 나날을 전생에서는 어떤 사이로 인연이 되어 왔을까? 옛말에 부부의 인연은 원수지간이라 했는데 보지도 기억도 안 되는 전생과 이생의 인연에 신기함을 다시 생각하게 한다.

먼저 내 생활에서 기억되는 스승과의 인연을 적어 본다. 나를 글과 벗하게 이끌어 주신 J 선생님과, B 선생님. 두 분 모두 그 많은 인연의 고리를 나와 맺은 분들이시다. 시인이신 J 선생님은 장르가 다른 나를 가르쳐 주신 분이시다. "명자 씨는 시보다 수필이 잘 어울려요" 하신 선생님은 나의 문학성에 소질과 개발을 위해 용기를 심어

주신 분이시다. 그 인연 또한 내 기억 속에 선생님 함자를 지우지 않고 간직하며 살게 해준 인연이 되었다. 처음 글쓰기로 만난 선생님은 아마 첫사랑 같은 마음이라고 해야 할 것 같다. 글이 뭔지도 모르는 나를 눈 뜨게 해주신 선생님께 고마움과 감사함을 올린다.

또 한 분이신 B 선생님은 글을 쓰는 마음과 자세를 가르쳐 주신 분이시다. 초승달이 보름달이 되는 영광을 안겨 주신 분이시다. 글을 가슴속에다만 품고 있는 나에게 지면을 통해 독자에게 보여줄 수 있게 담금질을 시키신 분이시다. 지금도 선생님 문하에서 책을 벗하고 있다. 살아가면서 다 표현할 수 없는 감사함을 보은의 달을 맞이하여 그 의미를 하나하나 반추하고 있다.

남편을 만나 30년이 되어가는 부부의 연이 이생에서만 일만 번이 되어가고 있다. 저세상에서 다시 태어나면 우린 또다시 어떤 인연으로 만나게 될지, 인연의 고리가 풀리지 않고 매듭지어지는 이생은 잠시 쉬어가는 놀이터라는 생각이 든다. 나는 꼬집어 불교의 불자도 아니고, 기독교인도 아니다. 어릴 때는 교회에 나가면 크리스마스 선물 주는 게 좋아 다녀봤고, 어른이 되어서는 부처님 오신 날에 사찰 밥 먹는 게 좋았다. 기독교도 불교도도 아닌 나는 교인 만나면 기도하고 사찰 구경 가면 합장하는 무신론자다. 그렇지만 인연은 소중히 생각한다. 나를 아는 모든 분들이 그냥 스치는 인연에서 기억되는 인연으로 남을 수 있게 노력해야겠다.

이 좋은 달, 이 좋은 세상에서 소풍 끝내는 날까지 소중한 인연을 스승과 제자 사이로 자리매김할 수 있도록 존경하며 감사하는 마음으로 아름다운 인연을 기억하며 살고 싶다. 보은의 달에 전해주는 메시지를 통해 다시 한번 인연의 감사함을 스승님께 올린다.

장 담그기

육십 중반인 여자가 처음 장을 담근다면 누가 믿을까? 결혼해서 30여 년을 어머님이 장만해 놓은 재료들을 버무려 항아리에 담을 때 도와드리는 게 전부였다. 이제는 당신을 떠나보낸 후 혼자 용기를 내어 장 담그기를 시도했다.

인터넷에 레시피를 찾아보고 이웃 형님에게 도와 달라는 전화를 해놓고 찹쌀풀과 엿기름을 끓이고 식히고 고추장 재료들을 준비했다. 조청 대신 매실 삭힌 알갱이를 끓여서 부직포에 넣어 과즙이 나오게 빨래 풀하듯이 꾹꾹 눌러봐도 과즙이 생각만큼 쉽게 나오지를 않았다. 한나절이 지나 찹쌀풀, 매실 과즙, 고춧가루, 엿기름, 식힌

소금물 등등 준비를 해 놓은 뒤에 이웃 형님이 왔다. "야 ○○○ 제법이네 못하는 게 아니라 안 했구나." 하면서 나를 추켜세웠다. 우리 집 마당에 상치, 고추 모종도 이웃사촌들이 심어 주었기에 나는 아무것도 못 하는 여자로 인식되었나 보다.

풀과 채소가 구분이 안 되었던 새댁 시절 어머님이 식탁 위에 올려놓은 재료들로만 식사 준비하던 며느리였다. 양념이며 살림에 필요한 물품이 떨어지면 당신을 따라 시장이며 마트에서 사 온 것들은 어머님 비밀창고에 보관되었다가 빈 병에 채워지는 지극히 당신의 영역은 허물어지지 않은 벽과 같은 방식으로 우리는 그렇게 살아온 시간들이었다.

장을 담글 때는 같이 도와드려도 장을 떠오는 것은 내 몫이 아니었다. 당신의 숨결과 손때가 묻은 항아리가 옥상에서 이제는 처삼촌 벌초하듯 필요하면 자기들을 찾는 새 주인이 미울 것만 같다. 그나마 남편이 가끔씩 뚜껑을 열어 일광욕을 시키는 걸 고마워할 만큼 옛 주인의 손길이 그리울 정도니까. 긴 세월을 잘도 피해 가면서 나는 어느새 할머니라는 이름표를 붙이고야 장 담그기를 한 셈이다.

과유불급이랄까? 발효되는 장이 이상하게 묽어지는 것 같았다. 원인을 몰라 몇 날을 생각해도 경험이 없는 나는 손을 쓸 수가 없어 장을 버리는 게 아닐까 하고 생각하니 그 많은 재료며 수고가 아까

워졌다. 지난 세월 어머니란 스승을 너무 홀대하지 않았나? 배울 생
각도 없이 거들어 주는 것에도 생색을 내면서 살아 온 어리석음을
피할 수가 없었다.

실패도 스승이라고 생각하고 매실 과즙을 조청 대신 많은 양을 넣
은 것이 원인인 것을 2개월이 지나서야 알게 되어 못다 한 고추장을
김치냉장고에 보관하면서 올가을에 다시 재료를 첨가해 나만의 장
담그기를 해야 할 것 같다. 부족함의 미비점과 넘치는 오만함에 또
한 번 배워야 하는 번거로움도 살아가는 데 필요악이 될 수도 있다
는 걸 경험하면서 새삼 당신의 빈자리의 무게가 크게 느껴지는 봄날
에 옥상에서 쉬고 있는 항아리들과 수다를 떨어본다.

(2014. 어느 봄날)

젊은 피 바다에 묻고

연일 보도되는 비보에 어떻게 감정을 조율할 수가 있을까. 남편이 친구로부터 열대어 몇 마리를 분양받아 왔다. 집안의 작은 어항에 붕어 두세 마리가 살고 있는데 또 어디에다 키우려고 그러는지 모르겠다. 유리그릇에다 넣어둔 열대어는 어느새 거실 바닥으로 튀어나와 용감하게 최후를 마친 녀석들도 있었다. 남편은 죽은 녀석들이 불쌍하다며 얼른 집어버리지 못하고 망설인다. 저런 성격의 사람이 무슨 생명을 키우겠다고 마음을 다쳐가며 저럴까. 생명이 있는 것에는 아픔이 있기 마련인데. 법정 스님은 성자로서의 삶을 무소유로 마쳤지만 아무리 욕심이 없어도 인간 생활에서 사랑은 영원불멸의 그림자가 되어 우리 곁에 숨 쉬고 있어 무소유를 실천할 수가 없다.

올해 1월 5일 규에 보낸 아들을 첫 면회 했다. 몇 달 동안 기다렸는지 모른다. 준비해간 음식을 아이는 굶주린 듯 허겁지겁 먹었다. 부모형제를 떠나 공동체에서 느꼈던 허전함을 먹는 데다 풀어버리는 것 같았다. 하룻밤을 함께 지내며 많이 성숙해진 아들을 보면서 마음이 든든해진다.

그리고 일주일 후 상상도 할 수 없는 천안함 사건이 국민을 울렸다. 피 끓는 젊음들이 소리 한번 지르지 못한 채 차가운 밤바다에 갇혀 수장된 사실들을 누가? 왜? 연출했나? 인간으로서 해야 할 것과 해서는 안 될 것이 있는데 하늘이 무섭지도 않은지 물어보고 또 물어봐도 해답은 없다.

하늘이 힘이 있으시면
꼭 여기에 버금가는 형벌은 내리소서!
바다가 힘이 있으시면
꼭 데려가서 수장을 시키소서!
나라가 힘이 있으면 국민에게 진실을 규명해 주십시오.
신이 있으시면
이 아픔 감싸 안을 부모에게 기쁨을 주옵소서!

너무나 가혹하지 않습니까? 우리 인간들이 어디에 그런 아픔을 감당할 힘이 있다고 잔인하게도 큰 벌을 주십니까? 부부가 만나 20년을 마음껏 못 먹고, 못 입고 자식 키워 군에 보내고 제대하면 복학시키기 위해 쉬지 않고 일한 죄밖에 없는 이들에게 무엇이 탐이 나서 그 자식들을 천길 물속에서 "엄마" 소리 한번 듣지 못하게 하였습니까? 인간이 치러야 하는 고통이지만 너무 하지 않습니까? 분단의 아픔이 끝이 없다면 우리 자식들에게 계속되는 이 고통을 어떻게 대처해야 하는 겁니까. 암담한 현실을 구경밖에 할 수 없는 국민들은 생활고에 울고 자식들의 사고에 울고 온통 눈물 바람으로 살다 가라는 것밖에 답이 없는 것처럼 보입니다.

사람이 살아가는 동안 제 수명만큼만이라도 살다 가게 해주십시오.
젊은 영혼들은 아직도 아무런 말도 없이 떠도는 사월의 바다 속에서 울부짖고 있는데.

(2010.4)

조카사위

나는 살아가는 동안 남에게 몇 번의 감동을 주고받았는지를 생각해 본다. 물질적인 감동, 이벤트성 감동, 결혼, 출산, 입학, 졸업 등 많은 감동의 선물이나 말로 주고받는 것 외에 마음이 움직이는 감동의 의미를 겪어봤는지를 나에게 물어보고 싶다.

언니의 딸 얘기를 글로 쓰기에는 약간은 어색하지만 한 편 정도는 남기고 싶은 생각에서다. 어릴 때부터 어려운 환경에서도 표정이 유난히 밝은 아이였다. 언니가 젊은 나이에 뇌졸중을 앓게 되어, 불편한 엄마를 돌보며 직장생활을 하면서도 동생들 의식주를 챙기는 아이였다. 집안일을 손색없이 하는 아이는 어느덧 결혼을 하고 두 아이의 엄마가 되었어도 혼자된 아버지의 사소한 일상까지도 살뜰하게 챙긴다. 그런 걸 볼 때면 고맙고 기특할 뿐이다.

사람마다 느끼는 감정은 다르지만 원망 없이 살아간다는 것은 누구나 할 수 없는 일인데도 항상 밝고 감사하는 생각을 하면서 결혼한 동생들까지 챙기는 그 애를 볼 때면 나이 든 나는 얼마나 많은 사심의 잣대를 두고 있는 것인지 부끄러움을 느낄 때가 있다.

부창부수란 사자성어가 가장 잘 어울리는 조카 딸 부부를 보면서 하늘이 맺어준 특별한 인연이 이들 부부라는 생각을 한다.

첫 부임지(강릉)가 처가가 된다는 속설처럼 강릉 조카딸과 연애결혼을 한 조카사위는 환경을 보지 않고 사람을 선택한 케이스다. 힘들었던 시기도 있었지만 항상 서로를 아끼며 사랑하며 살아온 부부의 가장 감동적인 이야기를 내가 쓸 수 있게 되어 고맙게 생각한다. 대전검찰청 근무 시 건강검진 후 재검이 나왔을 때 이야기다. 사랑하는 아내에게 충격을 줄까 봐 카드 대신 현금을 동료한테 빌려서 병원비를 냈다는 이야기를 재검 결과 후에 조카딸에게 말했다는 소리를 듣고 이게 참사랑이 아닐까 하고 조카사위를 다시 보게 됐다.

조카사위가 술에 취하면 꼭 하는 멘트가 있다. 결혼 전 처가에 첫인사 왔을 때 이야기다. 그때는 언니가 뇌출혈로 몸이 자유롭지 못할 때라 어떤 백마 탄 왕자가 와도 당신 딸을 보내고 싶지 않을 상황

이어서 어눌한 말로 못생겨서 내 딸 못 준다고 했단다. 언니는 절박했고 조카사위는 황당했을 당시 기어이 세월이 지나도 술이 취하면 내가 그렇게 못났나요? 하며 물어온다.

조카사위도 어느새 며느리, 사위 볼 때가 된 나이다. 장모님의 첫 인사말이 가슴에 상처로 남아 있지만 조카사위의 자녀에 대한 무한한 사랑을 보면서 어쩜 언니보다 더 섭섭한 표현은 하지 않을까? 라고 생각해본다. 김 서방! 나의 조카사위로는 최고의 왕자님이야.

(2018. 5)

처형과 제부

제부의 사망 소식에 한걸음에 달려간 장례식장은 망인의 영정이 화환 속에 담겨 나를 보며 웃음을 머금고 있었다. 평소에 건강관리는 전문가 이상의 기본상식과 운동을 생활화하는 사람이 몇 년 전에 췌장 수술을 했지만 생활하는데 이상이 없어 가족들은 안심을 했는데 마지막 검사 결과에서 3개월의 시한부 결정을 통보받았다고 했다. 환자는 물론 가족들도 망연자실 속에 아니야 아니겠지? 하면서 병에 좋다는 것은 다 구해서 간병을 했지만 시한부 날보다 3개월을 더 살다 갔다는 말에 가슴이 숨통을 짓눌렀다.

몇 달 전 시댁 조카의 결혼식이 포항에 있어 친구에게 전화 통화를 하면서 결혼식 마치고 잠깐 얼굴이나 보고 싶다고 하니 집안에 일이 있으니 다음에 보자고 했다. 제부가 아픈 모습을 보여주기가 싫다고 해서 그랬는데 이렇게 빨리 유명을 달리하리라는 것을 상상하지 못했다고 했다. 살고 싶다는 간절함에 얼마나 매달렸을까 시간을 묶을 수만 있다면? 차라리 정신이라도 없었다면? 말짱한 정신으로 죽음의 날을 세어가면서 견디기란 환자가 아니고는 알 리 없지만 삶의 미련이 더 고통스러웠을 것 같았다.

제부는 친구의 남편이다. 친구와 나는 중학교 때부터 인연이 되어 오십 년이 넘는 세월이 이어지고 있다. 일주일 차 생일이 빠른 내게 친구는 연애 시절 제부를 소개하는 자리에서부터 나를 처형이라고 불렀다. 처형이란 호칭이 얼마나 어색했는데도 제부는 처음부터 호칭이 중요하다며 그날부터 우리는 처형과 제부가 되었다. 20대 초부터이니 오십 년이 되어간다. 이성적인 감이 저능아 수준인 나는 친구의 신혼집을 결혼하기 전까지 내 아지트인양 이용했으니까 어이상실이라는 말을 나를 두고 하는 말이라는 걸 서른이 넘어 결혼을 한 뒤에서야 알았으니까.

제부는 내가 결혼하겠다고 남편을 소개했을 때 죽은 부모가 살아온 것처럼 무조건 찬성했다. 친구는 침구 일체를 선물했고, 제부는 남편 예복과 정장을 선물했다. 애물단지 처형을 부모보다 더 등을 떠밀어 축하한 것도 눈치 없이 친구 신혼집을 애용한 것이 한몫했다고 본다. 덩달아 남편은 제부에게 구세주 형님으로 군림하게 된 셈이다.

긴 세월 동안 두 집안은 애들까지도 이모, 이모부로 찾게 되었고 경조사까지 함께 하면서 인생길 평온한 가을 문턱까지 왔는데 너무 빨리 온 이별이 아닐까? 라는 생각이 들었다. 남편과 나는 제부의 장지까지 참석했다. 부부의 인연에 소중함과 이별이 서러워 오열하는 친구를 다독이며 제부의 관 위로 뿌려지는 흙 위로 많은 기억을 함께 덮어주면서 다음 생에도 영원한 처형과 제부로 만나자고 되뇌었다. 제부는 아마 싫다고 할는지도 모르는데.

(2018. 10)

왕이 내린 하사품

　강릉 단오제가 천년의 어울림이라는 슬로건을 내걸고 8일간의 행사에 들어갔다. 매년 맞이하는 행사를 보면서 느끼는 게 그때마다 다르듯이 올해는 내 인생 최고의 해로 소중하게 기억에 남겨두고 싶다.

　음력 5월 1일부터 하루는 어머님과, 하루는 남편과, 하루는 딸아이랑 번갈아 가면서 단오 구경을 한다. 남편의 생일이 단오가 끝날 때라 친척들과 해마다 식사하는 게 연례행사로 되어 있어 생일 마치고 단오 파장을 보는 걸로 우리 집 행사는 진행된다. 그래서인지 먼 곳에 있는 친척들도 단오제 구경 겸해 모이게 되니 생일날이 잔칫날이 되는 셈이 된다. 단오제 십여 년 동안 어느 집 할 것 없이 사들인 이불들이 우리 집에도 장롱이 비좁게 들어 있다. 오죽하면 강릉사람들은 이불 없이 사는 줄 알았다며 타 지역에서 온 장사꾼들 입에서 루머가 퍼질 정도였으니까.

해마다 이불, 대나무자리, 양산, 그릇으로 인기몰이를 하더니 올해는 경기가 침체되어서인지 1,000냥짜리 생활용품이 단오 구경 온 사람들 수보다 더 많은 숫자로 팔려나간다. 나도 나프탈렌, 파리채, 빗자루 등등 식구 수보다 많이 1,000냥짜리 장을 보았다. 하루는 어머님을 모시고 단오장에서 소머리 국밥으로 일찌감치 저녁을 해결하고 이곳저곳 구경을 하면서 신주도 받아 마셔보고, 취떡도 먹어보고 단오 물결에 출렁이며 밀려다니다가 어머님에게 단오장에서 무료로 행사하는 독사진 촬영을 하면 어떠냐고 물어 봤다. 어머님은 사진 속의 당신이 할머니가 되어 싫다고 하신다. 마음만은 아직도 이팔청춘이신가? 거절하시는 마음도 이해는 된다. 다음날은 남편에게 독사신 하나 준비하는 게 어떠냐고 물어보니 영정사진이 될까 봐 싫다고 했다. 독사진 촬영이 사람마다 느끼는 의미가 다르다는 것을 보면서 살아 있을 때는 독사진으로 보고 사망 후에는 영정사진이 되는 걸 편리하게 받아들이면 좋을 것 같은데 받아들이는 마음들이 다르니 더 이상 권할 수가 없었다.

나는 65세가 되면 제일 먼저 공짜 독사진 촬영을 해야겠다. 조문을 가다 보면 망인이 너무 늙어 보여도 싫고 젊어 보여도 거부감이 드는데 60대 얼굴이면 보기 좋은 얼굴이라 생각하고 준비해두고 싶다. 그때가 되면 나 자신도 어떻게 생각이 바뀔는지는 모르지만 지금은 내 생각이 옳다는 쪽이다.

남편에게 이번 단오에 꼭 한 가지 하고 싶은 게 있다고 했더니 뭔데? 하면서 들어준 얼굴이다. 단오장 한편에 이젤을 놓고 손님을 기다리는 무명 화가에게 초상화 한번 그리고 싶다고 했더니 그러라고 했다. 마음 변하기 전에 얼른 해야 했는데 그날따라 화장도 않은 채 따라나선 단오장이라 다음으로 미루어졌다. 다음날 남편은 우연히 친구에게 무명 화가 이야기를 했더니 친구분도 이젤 앞에 놓여 있는 모델 얼굴만 보고 당신 손자 얼굴 의뢰했더니 느낌이 전혀 아니라고 손사래를 치더라고 나에게 김빠지는 말을 했다.

　초상화의 꿈은 그렇게 사라져 버렸다. 남편은 초상화 대신 다른 선물을 생각해 두었다고 했다. 뭔데? 하면서 볼멘소리를 했더니 내가 글 쓴다고 컴퓨터 앞에 앉아 있으면 남편은 신문을 보면서 나의 호를 하나 지어주어야겠다는 생각을 했단다. 너무 뜻밖이라 놀랍기도 하고 감동을 먹어 아무 말도 할 수가 없었다. 아직은 글을 쓰는 것도 그냥 느낌으로 적어보는 아마추어에 불가한데 생각도 못 한 것을 남편이 생각하고 있었다는 그 이유만으로도 충분히 사랑의 무게가 억눌려오는 걸 느끼게 되었다.

　남편이 지어준 明珠(아름다운 구슬)라는 호를 선물 받았다. 나라님이 내려 준 칭호만큼이나 귀한 호를 남편이 지어준 하사품을 받고 좋아하는 나를 보고 단오가 끝나기 전에 낙관까지 만들어 주겠다며 남편은 도장 파는 곳으로 나를 데리고 갔다. 도장장이는 누구의 낙관을 만들려고 하시오? 하고 묻자 남편은 집사람 낙관을 만들려고 한다면서 장미나무로 된 낙관 소재를 골라 음각으로 새겨 달라고 부탁을 한다. 벌써부터 음각, 양각이라는 낙관의 의미를 알아두었나 보다. 이제는 난장에서도 수작업은 없다. 시대에 따라 즉석에서 컴퓨터로 기계 작업이 되어 글체를 골라 보면서 선택할 수 있는 세월이다. 남편은 나를 보고 마음에 드는 글체를 골라보라고 했다. 글체가 마음에 들고 안 들고가 문제될 리 없다. 지렁이가 기어가듯 못난 글체라도 남편의 마음이 들어 있다는 게 내겐 감동 그 자체다. 이런게 지금껏 살아온 내 인생 보람이 아닐까!

말을 아니 해도 알 수 있는 부부가 되기까지 서로가 많은 걸 참고 견딘 세월만큼 다 표현할 수 없는 희로애락을 남편이 만들어 준 낙관에 남은 내 인생 인주를 찍어본다.

(2008. 6)

해설

희로애락을 서정으로 풀어낸
현대 규방가사

심은섭

(시인 · 문학평론가 · 가톨릭관동대학 교수)

프롤로그 — 경험 · 체험 · 느낌의 글

문학의 5대 장르 중 하나인 수필에 대한 사전적 의미로 정의해 보면 자신의 경험이나 느낌 따위를 일정한 형식에 얽매이지 않고 자유롭게 기술한 산문 형식의 글이다. 부연하면 형식에 얽매이지 않고 듣고 본 것, 체험한 것, 느낀 것 따위를 생각나는 대로 쓰는 산문 형식의 짧막한 글을 수필(essay)이라고 한다. 요컨대 보통 작가의 개인적인 경험과 견해를 쓴 글을 말하며, 뜻하는 바를 따라 앞뒤를 상관하지 않고 무작정 써둔 것을 수필이라 한다,

이 수필 형식은 16세기 말 몽테뉴가 만들었는데 자신의 글이 개인적 시도라는 의미로 '에세'라는 말을 사용하였다. 베이컨은 영국 최초의 수필가로 심각하고 무거운 주제를 다루었고 문체는 위엄 있고 장중했다. 영국 수필의 대가 중 한 사람인 램은 삶을 예리하게 관찰하는 재능을 해학·공상·감정과 결합시켰다. 또 19세기 후반 스티븐슨의 수필은 몽테뉴나 램의 계열의 수필에서 뛰어난 수준을 보여주었다. 미국의 소로는 〈월든 호〉에서 천재적인 필치를 보여주었다. 20세기에 수필은 일종의 재미있는 문학으로 다시 태어났고 제임스 서버와 도로시 파커 같은 유머 작가들은 이러한 기술이 탁월했던 작가로 분류할 수 있다.

동양에서 '수필'이라는 용어는 중국 송나라 때 홍매洪邁가 지은 〈용재수필〉에서 처음으로 나타난다. 우리나라에서는 연암 박지원의 〈열하일기〉에 '일신수필日新隨筆'이라는 말이 처음 나오는데 이때부터 수필은 하나의 문학 장르로서 역할을 했던 것으로 추정해 볼 수 있다. 우리나라의 수필은 크게 고대수필·근대수필·현대수필로 나눌 수 있다. 고대 수필은 한문수필과 한글수필로 나뉘는데, 고대 수필의 역사는 고려시대 이인로의 〈파한집〉, 최자의 〈보한집〉 등에서 찾아볼 수 있다. 1895년에 펴낸 유길준의 〈서유견문〉에서 비롯된 근대수필의 역사는 1910년대 이후 한국문학사에서 유례없이 문학잡지

의 융성과 더불어 성장하게 되었다. 1948년 대한민국 정부수립 이후 조선청년문학가협회가 주관한 잡지 〈문예〉를 중심으로 전개되어왔던 현대수필은 6·25 전쟁 이후 크게 성숙되었다.

현대수필로는 1970년대에 급격히 발전하기 시작한 경제성장과 그로 인한 물질문명의 확산으로 말초적이고 감각적인 성향을 보인 수필이 대거 등장했는가 하면 철학적이거나 순수서정을 드러내는 수필도 많이 쓰였다. 1970년대 수필 문학을 대표할 수 있는 안병욱·김형석·김동길 등이 이른바 '70년대 작가'의 소설이 보여준 '성과 타락' 속에서도 맑고 순수한 문학정신을 지켜왔으나 차츰 대중과 영합하려는 작가들의 출현으로 인해 수필 문학은 퇴색하게 되었다.

이에 채명자 수필가를 군이 통시적으로 분류한다면 현대 수필가에 해당하며, 그의 수필 내용 또한 모두冒頭에서 언급한 바와 같이 작가 개인의 경험, 체험, 느낌을 글로 적어 수필이라는 장르에 도달하게 된 것이다. 채명자 수필가가 수필가로 활동한다는 것을 말은 들었지만, 실제 그의 작품을 읽어 본 적이 없다. 그런데 어느 날 수필집을 출간하려고 하는데 평론을 써달라는 부탁을 받았다. 필자가 근무하는 대학교 평생교육원 현대시 창작과정에 수강생인 인연으로 평소 잘 알고 지내는 사이였기 때문에 거절을 할 수 없었다. 거절하게 된다면 그 이유는 수필작품에 대해 한 번도 평론을 써 본 일이 없기 때문이다. 물론 문학평론가의 처지에서 장르를 가려서 작품을 평론한다는 것도 좀 맞지 않는 변명이기도 하지만 어찌 되었건 얼떨결에 평론을 맡게 되었다.

사실적으로 생각해봐도 시와 소설, 희곡에 대한 작품 평론이 대부분이지만 수필에 대한 평론은 그렇게 흔한 것은 아니다. 문학평론가라고는 하지만 실제로 평론가 자신의 취향에 맞는 장르를 주로 평론하기 때문이다. 필자 역시 주로 시 작품에 대해 평론을 했다. 채명자수필가가 평론을 부탁했을 때 내심 망설였던 것은 사실이다. 수필에 대한 평론은 수필이 갖는 작품의 특성 중에 시보다는 길다는 것이다. 따라서 이것이 수필작품 평론에 대해 꺼리는 이유 중의 하나이기도 하다. 그러나 막상 채명자 수필가의 수필을 모두 읽고 난 후의 필자의 생각은 평론을 맡기를 잘했다는 것으로 마음이 달라졌다.

내간체의 규방문학

그것은 조선시대에 주로 양반 부녀자들이 그들의 생활과 희로애락喜怒哀樂을 노래한 문학의 규방가사閨房歌辭나 서간체 형식의 글로써 감동과 교훈이라는 문학적 기능이 최적화되어 있는 수필이었기 때문이다. 특히 채명자 수필가의『느낌표 갈무리』에 실린 30편의 수필작품 주제는 세 가지로 대별할 수 있다. 첫 번째는 '시어머니'이며, 두 번째는 '가족'이며, 세 번째는 '주변인물'로 크게 구별된다는 것이다. 세 가지로 분류하여 구체적으로 살펴보면 다음과 같다.

첫째, 대부분 주제는 '가족과 관련된 내용'으로 구성되어 있으나 가족 중에서도 시어머니에 대한 애증의 감정이 긍정과 부정이 교차하며 진솔하게 잘 묘사되어 있다. 시어머니와 작가의 관계는 반드시

존재해야 하는 동전의 양면성과 선과 악의 동시 필요성이다. 그 작품 속에는 고부 갈등에 따른 삶의 의미가 부정적으로 해석되는가 하면 때로는 긍정적으로 재해석되기도 했다. 모든 글의 공통점이라고도 할 수 있지만, 통상적으로 수필의 제재는 그 성격이나 내용에 따라 여러 가지로 나누어 볼 수 있다. 우선 내용에 따라서 보면, ① 인간의 삶, ② 자연(천체, 충경 등), ③ 동식물, ④ 사유의 대상으로 나누어진다. 또한 그 성격으로 분류해 보면, 계시적 제재와 동시적 제재로 나누어 볼 수 있다.

이 두 가지 중에서 계시적 제재는 주로 시간적 순서에 따라 전개되는 제재를 의미한다. 가령 어떤 사건이나 여행·행사·약속 등은 주로 시간적인 순서에 따라 전개되는 제재들이다. 이것은 플롯plot에 의한 사건의 진행은 아니지만, 시간적 순서에 따라 전개되기 때문에 흥미를 줄 뿐만 아니라 작품의 내용을 수용하여 독자들의 마음이 잘 움직인다는 장점을 지닌다. 정지된 사유의 앙금이나 반추가 아니기 때문에 제재와 일치되어 사색이나 정서가 움직이므로 서술이나 묘사의 다양을 기할 수 있다는 장점을 지닌다.

또 동시적 제재는 주로 공간성을 띠는 제재를 말한다. 자연이나 사회의 공간적 상황, 다시 말하면 자연풍경이나 클럽이나 단체의 활동 상황, 정서나 지성의 촉수에 따라 포착되는 대상이 이 동시적 제재라 할 수 있다. 계시적 제재가 동적인 데 비해서 이 동시적 제재는 매우 정적이다. 이러한 정적 표현을 할 수 있는 동시적 제재는 통찰과 달관의 대상이 될 수도 있다.

채명자 수필가의 작품 중에서 시어머니를 제재로 한 작품들은 동시적 제재에 속하며 「기념일」, 「내 삶의 동반자」, 「당신을 배웅하며」, 「사모곡」, 「유품(반지)」, 「이별 예감」, 「장 담그기」 등이 가장 대표적인 것이라고 말할 수 있다. 특히 『느낌표 갈무리』에 실린 전체 30편 중에서 시어머니를 제재로 삼은 작품이 7편에 해당하며, 이것은 전체 작품 대비 큰 비중을 차지하는 것으로 특정 지을 수 있다. 특히 다른 제재로 쓴 글에서도 시어머니에 관한 얘기가 삽입되는 경우가 있으므로 글의 시작이 시어머니로 시작하여 시어머니로 끝난다고 해도 과언이 아닐 정도이다.

동시적 제재로 볼 수 있는 「기념일」은 정서나 지성의 촉수에 따라 포착되는 제재 대상으로 볼 수 있다. 이 작품에서 시어머니는 온 가족의 생일을 모두 기억하지만, 정작 맏며느리의 생일을 기억하지 못하는 것은, 즉 기억을 못 하는 것이 아니라 기억에 남아 있음에도 그것을 애써 감추려는 의도임을 작품을 통해 작가는 안타까운 심정을 토로하고 있다. 그것을 뒷받침할 수 있는 예시한 대목에서 확인할 수 있다.

내가 시어머님과 인연을 맺은 것은 1979년 10월 9일 한글날이었다. 그런 아들을 내게 인계하며 자식의 남은 인생의 행복보다 자식을 뺏긴다는 마음이 컸던 시어머님의 가슴앓이가 나의 시집살이로 전이됐다.

…(중략)…

이쪽 편도 저쪽 편도 아닌 내 남편의 중간 입장은 묵비권만 행
사하고. 이젠 퇴색되어 가는 가을, 떨어지는 단풍잎처럼 당신의
남은 생을 마감하실 때는 내 손 꼬~옥 잡으시며 "어미 생일이 언
젠데" 하고 기억해 주시겠지.

―「기념일」부분

채명자 수필가는 작품의 대상과 애증 관계임을 「기념일」에서 여
실히 나타내고 있다. 화려하지 않으면서, 또한 강렬한 호소력을 피
력하지 않으면서 우회적으로 독자들을 흡입하는 중독성을 가지고
있다. 이것은 글쓰기와 관련하여 잘 훈련되어 있는 과정의 결과라기
보다는 선천적으로 타고난 감각적인 언어 구사 능력에서 비롯된 것
으로 유추할 수 있다. 또 다른 측면을 주목해야 할 것은 진술을 가공
하거나 윤색하지 않고 있는 그대로 드러낸다는 사실이다. 오늘날 글
쓰기에서 요구하는 사항이다. 알몸의 진술을 하라는 것처럼 독자들
에게 강렬한 인상을 주려면 있는 그대로 적시하라는 것이다. 진술을
1차 가공한 호소력은 그만큼 공감력이 떨어진다는 뜻이다. 그런데
채명자 수필가는 원형이 잘 보존된 서사의 줄거리를 그대로 진술함
으로써 독자들의 호응을 얻는 데 유리한 상황에 있다는 것이다. 이
글의 특징은 부정적이면서 매우 긍정적이다. 싫어하면서 차마 싫어
하지 못하는 긍정의 의식을 드러낸다. 애증의 관계에서 애증의 관계

자라는 점만을 나타낼 뿐 애증의 대상을 비판하거나 비난하지 않는다.

어머님! 당신은 저와 함께한 30년이 어떠하셨습니까? 어쩜 저
보다 더 많은 것들이 힘들었을 거라 생각이 들었습니다. 풀인지,
채소인지도 구분 못 하는 저를 대가족의 맏며느리로 설 수 있기까
지 당신의 수고가 저보다 더 컸다는 걸 느꼈을 때가 얼마 되지도
않았는데 당신은 벌써 저의 손을 놓았습니다.

―「사모곡」 부분

앞의 작품을 통해 애증의 관계임만을 말할 뿐 애증의 대상에 대해
어떤 경우라도 비판의 대상으로 삼지 않는다는 채명자 수필가만의
미적 가치를 보여주고 있다. 수필 「기념일」이든 「사모곡」이든 애증
의 관계라는 점은 독자들에게 판단을 유보하고, 작가는 애증의 대상
을 화해의 관계로 이끌고 가려는 의도로 글을 쓴다는 특성을 이해할
수가 있다. 이것은 작가가 지니는 감정의 절제력이 뛰어나다는 방증
의 하나이다. 이러한 작가의 글쓰기의 태도는 훈련에 의해서도 가능
하지만 채명자 수필가는 선천적으로 타고난 천성에서 비롯된다. 그
것은 채명자 수필가의 일상의 삶에서 보여주는 태도와 같기 때문이다.
이러한 작품을 통해 우리가 인식하는 것은 내용뿐만 아니라 작가
의 유려한 문체가 크게 작용하고 있다. 이 유려한 문체는 작품의 구
조화에 영향을 미친다. 이 까닭은 작가의 사유에 수용되는 모든 제
재는 이 예술적인 구조에 의해서 비로소 그 생명을 가지기 때문이

다. 특히 구성은 선택된 제재를 주제로 나타내기에 가장 알맞게 배열하고 결합하는 작업이다. 따라서 구성은 작품의 제재를 유기적으로 조직하는 기법이라는 점에서 그러하다. 이러한 전제를 기반으로 할 때 채명자 수필가의 작품들은 주제를 나타내는 데 가장 최적화된 문체와 단어 배열로 구성되어 있다는 것이다.

채명자 수필가의 수필작품들이 우리나라의 규방문학과 흡사한 형태의 작품이라고 모두冒頭에서 언급한 바 있다. 조선시대, 주로 양반 부녀자들이 그들의 생활과 희로애락을 노래한 문학으로써 규방가사 閨房歌辭가 그 대표적이다. 힘든 시집살이와 유교주의 사회에서 아녀자로서 지켜야 할 지나친 명분과 도리, 남존여비 사상의 폐해 속에서 지고한 인내로 고통을 다스리며, 그 고통을 지혜롭게 타개하는 조선의 여인 같은 심정으로 쓴 수필집이 『느낌표 갈무리』라고 요약할 수 있다.

둘째, 일상에서 부딪치는 가족의 이야기를 주제로 삼아 내용을 전개하고 있다. 즉 「가을 잔상」, 「공감」, 「대청소」, 「동영상」, 「뚝배기」, 「말하기, 듣기」, 「밥상」, 「4월의 바다」, 「설해목이 우는 밤」, 「운동회 날」, 「젊은 피 바다에 묻고」 등의 11편으로 아들과 딸에 관한 이야기를 진솔하게 피력한 수필이다. 이 중에서 「대청소」와 「운동회 날」을 대표적인 작품으로 예로 삼아 분석해 보면 다음과 같다.

아이가 태어나 지금까지 살아오는 동안 장, 단점을 잘 알고 있는 내가 딸에게 여자로 거듭나는 언어와 행동들을 말해주면서 이제부터는 나의 딸이 아닌 독립된 성인으로 남의 식구가 되는 아이에게 무엇이 중요한지, 어떻게 살아가야 현명한 건지 이론이나 설명은 쉽지만, 아이가 얼마나 빨리 터득할는지 염려와 걱정이 앞섰다.

—「대청소」 부분

위의 「대청소」는 조선시대의 내방가사內房歌辭의 하나인 계녀가誡女歌와 같은 형식과 내용을 갖춘 수필이다. 즉 나이 찬 딸의 출가를 앞두고 여자의 규범이 될 만한 고사故事를 어머니가 자신의 시집살이 경험과 결부시켜 노래한 내용의 계녀가와 같은 것이다. 결혼을 앞둔 딸에게 일러주는 작가 자신의 경험담을 들려준다. '여자로 거듭나는 언어와 행동'을 들려주며, 결혼과 동시에 '나의 딸이 아닌 독립된 성인으로 남의 식구'라는 조선시대의 규방 문화와 같은 정서를 「대청소」에서 느낄 수 있다.

예시의 「대청소」는 모든 사람이 일상생활에서 겪는 일이며, 그런 환경 속에서 살아가는 일반적인 내용의 수필이다. 그런데 이 작품의 수필로서의 가치는 담백한 문장에 스며 있는 작가의 진실성에 연유한다. 어떠한 가식이나 각색한 측면이 전혀 보이지 않는 말 그대로 솔직한 표현이 독자들의 공감을 불러오고, 독자들은 이 공감으로 말미암아 수필의 내용을 자기화한다는 것이다. 수필의 내용들이 모두 나의 일과 같은 일로 받아들여져 끝까지 완독하게 만든다는 것이다.

또 작품의 내용 전개를 의도적으로 이끌어 가지 않는다. 작품의 시작과 끝을 이성에 맡긴다는 것보다 의식의 흐름에 맡긴다는 표현이 더 맞는 말이다. 문장을 구성할 때 일체一切의 계산을 거부하며, 물이 흐르듯이 의식에 따라 문맥이 형성된다. 그러므로 다른 어떤 의식이 개입하지 못함으로써 순수성이 담보될 수 있는 것이다. 이것은 채명자 수필가의 삶의 격식에서 연관성을 찾을 수 있다. 하루의 일정표에 따라 몸이 시간에 따라 흘러가는 것이 아니라 행동이 시간에 따라 자연적으로 순응한다. 따라서 글을 쓴다는 것은 의식의 작용이므로 그 의식에 따라 자연적으로 순응하며 글을 쓴다. 그 의식은 채명자 수필가의 본연의 모습이며, 이것이 진실에 바탕을 둔 본질적 문학 정신이다.

> 그래도 나는 내 아들의 운동회 날을 매년 기다리는 마음만은 젊은 엄마인 걸. 오색 말이 김밥이 내 아이 입속에서 무지개 되어 씹혀질 때면 엄마의 볼우물엔 다디단 미소가 고이고, 오동통한 통닭 살이 내 아이 입술에 매달려 식욕을 달래주는 모습을 보는 것만으로도 배부른 나의 행복은 오색풍선이 되어 가을 하늘로 떠다닌다.
>
> ―「운동회 날」 부분

이 작품에서 보여주는 주제는 아들 운동회 날 어머니로서의 행복감이다. "내 아이는 늦둥이다! 나이 마흔에 바라던 아들을 봤다. (그 아들은 위에) 누나가 열 살을 먹은 후 난 아이(아들)라 친척들의 축복은 곱하기에 곱하기를 했다. 축복이란 그렇게 시작되나 보다."(「운동

회 날」 부분)에서 알 수 있듯이 채명자 수필가는 늦둥이 아들의 운동
회에서 다른 자녀 엄마보다 늙은 자신의 모습을 발견하지만 그것은
행복의 저해 요인이 되지 못했다. 오직 늦둥이 아들의 입 속으로 '오
색 말이 김밥'이 들어갈 때만이 행복의 요소로 작용했다. 시집살이
의 서러움 속 그 이면에는 누구도 맛보지 못한 행복이 있었다.

  이 행복은 채명자 수필가 개인의 행복이 아니라 인류 보편적 행복
이다. 이 점이 채명자 수필가의 작품의 가치이며, 글 쓰는 사람의 진
정한 태도를 보여주는 일이다. 개인의 경험이나 느낌을 개연성으로
전환하여 모든 독자에게 전파되는, 또는 일반적으로 인류가 공통으
로 추구하는 보편적 가치를 지닐 때 수필작품의 가치가 가지게 되는
것이다. 즉 사소한 일상에서 발견된 소재를 기교나 가식이 전혀 첨
가되지 않은 순수한 정서의 바탕 위에서 작가는 진술하고 있으므로
수필을 읽는 내내 어떠한 거부감도 느끼지 않을 만큼 편안함을 제공
하고 있다.

  셋째, 가족 주변의 관계인에 관한 이야기를 쓴 작품들이 있다. 「
두 여인」, 「부모 천년수父母 天年壽」, 「어미새의 노래」, 「옆집 오빠
(붉은 울음)」, 「버킷리스트」, 「인연(스승과 제자 사이)」, 「젊은 피 바다에
묻고」, 「조카사위」, 「처형과 제부」 등이 대표적인 수필로 분류할 수
있다. 이 작품들의 핵심적인 내용은 '죽음'과 연관되어 있다. 이 죽음
에 대해 진실을 말하지만, 작가의 심정이 너무 투명하여 이 '죽음'의
이야기가 지나치게 무겁지 않으며, 식상하지 않다는 것이다. 「두 여
인」은 일반적인 죽음에 대한 진술이 아니라 언니의 죽음이 친정어

머니의 제삿날이라는 필연적 우연의 일치를 독특한 발상으로 이야기를 끌고 가는 특징을 보여준다.

> 집안일 적당히 해놓고 오후에는 동생네로 제사 보러 가려는데 형부한테서 전화가 왔다. 장모님 제사에 혹시 참석하지 못해도 기다리지 말고 제사를 지내라고 했다. 아픈 언니 때문에 늘 고맙고 미안해서 그다음 생각은 못 했다. 동생에게 그 말을 전하니 큰누나 집에 다녀와서 제사 보자면서 앞장을 선다. 우리가 언니 집에 들어서니 형부가 제사나 지내고 오지 왜 왔냐며 울먹인다. 방안에는 흰 천으로 덮인 내 언니의 마지막이 나를 기다린 채 그렇게 눕혀져 있었다. 10여 년 전 그날 내 어머니는 당신 기일에 참석하면서 언니를 데리고 갔다.
>
> ─「두 여인」 부분

이 「두 여인」은 가슴 아픈 사연이다. 친정어머니 제삿날이 언니가 이 세상을 하직하는 날이다. 그래서 제목이 '두 여인'이다. 한 슬픔이 또 하나의 슬픔을 만나 정신의 쇠약을 가져온다. 기구하게 유명을 달리한 언니, 그리고 그날이 특별한 어머니의 제삿날이었다는 사건은 어떤 수필작품보다도 압도적인 슬픈 흥미를 끌어냈다. 이 수필을 읽는 독자들을 모두 내재화하거나 스스로 체화시키게 된다. 그런 까닭에 독자들이 쉽게 수필을 내려놓지 못하게 만든다. 사건의 내용을 있는 그대로 사실주의寫實主義로 묘사한 작품이다. "흰 천으로 덮인 내 언니의 마지막이 나를 기다린 채 그렇게 눕혀 있었다."라는 진술에서 숙연해지지 않는 독자가 또 어디 있을까. 사진을 찍어놓은 듯한 세세한 사실寫實 묘사는 독자들을 진한 감동으로 몰아갈 수밖에 없는 정서를 자아낸다.

더 특징적인 것은 인간의 본성은 자신의 부족한 면을 덮으려는 습성이 있다. 어머니의 제삿날에 언니의 죽음은 결코 쉽게 말할 내용은 아니다. 어찌 보면 자신의 드러내기를 싫어하는 치부와 같은 것이 일반적인 사람들의 통념이다. 그러나 채명자 수필가는 눈앞에 벌어진 상황을 당당하게 사진을 찍듯이 세세하게 표현하고 있다. 이런 점이 채명자 수필가의 장점이며, 독자층을 두껍게 하는 원인이라고 말할 수 있다. 따라서 채명자 수필가의 수필은 외화성의 표현보다 내용 전달에 우선을 두고 글을 쓴다.

> 천안함 사건이 국민을 울렸다. 피 끓는 젊음들이 소리 한번 지르지 못한 채 차가운 밤바다에 갇혀 수장된 사실들을 누가? 왜? 연출했나? 인간으로서 해야 할 것과 해서는 안 될 것이 있는데 하늘이 무섭지도 않은지 물어보고 또 물어봐도 해답은 없다.
> — 「젊은 피 바다에 묻고」 부분

채명자 수필가의 『느낌표 갈무리』에 실린 작품들의 면면을 살펴보면 아픔이 없는 것이 없을 정도로 죽음의 정서가 작품 속 깊숙이 자리를 잡고 있다. 그러므로 소재들이 대체로 무겁게 느껴진다. 그

134

러나 무겁지 않다. 그것은 '죽음' 그 자체를 제재로 삼지 않기 때문이
다. 작품 속에 '죽음'의 의미는 '죽음'으로 몰고 간 나쁜 대상에 대해
서도 비판하지 않는다. 인간으로서 감당할 수 없는 아픔을 주는 신
에게 그 책임을 전가하기 때문이다. 「젊은 피 바다에 묻고」에서도
천안함의 승무원들의 죽음을 슬퍼하는 일이 작품의 키워드로 작용
하지 않는다.

> 신이 있으시면
> 이 아픔 감싸 안을 부모에게 기쁨을 주옵소서!

위의 시구는 채명자 수필가의 「젊은 피 바다에 묻고」라는 수필에
삽입된 시이다. 이 두 행을 눈여겨볼 필요가 있다. '죽은 자'의 슬픔
을 위로하며, 젊은이를 죽음으로 내몰고 간 가해자들에게 비판의 의
식을 보여 오지만 그렇게 만든 신에게 항의하는 형식으로 작품을 끌
고 감으로써 독자들 입장에선 결코 식상함을 가질 수 없다는 점이
다. 이런 진술은 채명자 수필가의 본성이 선善에 닿아 있다는 방증
을 보여주는 부분이다.

문학적인 글은 작가의 경험이 모티브가 되는 경우가 대부분이다.
이것에다 작가의 지적 능력이나 글의 구성, 표현 능력이 독자들이
단숨에 읽게 하는 매력으로 다가간다. 채명자 수필가의 수필은 보편
성을 담보하는 것으로부터 조금 멀어져 있다. 즉 주관이 다수 개입
된 듯하지만, 이야기의 전개가 신변잡기로 흐르지 않는 것은 담백한

문체에 기인한다고 볼 수 있다. 또한 주제를 벗어나지 않아 글의 전체적인 양식이 기승전결을 잘 이루고 있어서 독자들의 가독성을 가일층 높이고 있다고 볼 수 있다.

에필로그 – 의식의 가치

채명자 수필가의 작품세계는 예시하는 다음의 수필이 모든 것을 대변해 준다고 해도 과언이 아니다. 뷔퐁은 "글은 곧 그 사람이다"라고 말했다. 채명자 수필가의 「유품(반지)」에서 그의 작품세계를 충분히 대변해 준다고 할 수 있다.

이제는 유품으로 남아 내 결정을 기다리고 있다. 먹는 것이라면 나누어 먹으면 그만이지만 당신의 유품을 어떻게 해야 빛이 날까? 하고 며칠을 고심하다가 남편에게도 의논하지 않고 삼우제가 지난 후 형제들 앞으로 들어온 부조금 결산을 마친 자리에서 통장과 반지를 내놓고는 이 통장은 어머님이 장손에게 준다고 하셨지만 그 이면에는 다른 깊은 뜻이 있어 제게 부탁하신 것이라 알고 있습니다. 제가 생각하기로는 당신보다 먼저 저세상으로 간 아들의 손자에게 주어야 할 장학금이라고 생각합니다. 그리고 반지도 같이 쓰였으면 합니다. 형제들도 미처 생각 못 한 일이라 혼자 결정한 나의 의견을 호의적으로 받아들이는 모양이었다.

막내 시동생이 형수님 반지는 어머님 뜻에 따라 형수님이 가져
야 한다고 했다. 그 뜻은 마음으로 받아들이고 반지에 상응하는
금액을 통장에 넣겠다고 했다. 당신과 살아 온 긴 세월 동안 책임
과 도리를 제대로 하지도 못했는데 당신이 남긴 유품이 나의 마음
에 짐이 되지 않고 생생히 남아 전해졌으면 하는 바람이다.

　　　　　　　　　　　　　　　　　　　―「유품(반지)」 부분

　이 작품에서 '당신'은 시어머니를 뜻한다. 시어머니가 돌아가신
후 유품반지를 놓고 가족회의 하는 광경을 볼 수 있다. "삼우제가 지
난 후 형제들 앞으로 들어온 부조금 결산을 마친 자리에서 통장과
반지를 내놓고는 이 통장은 어머님이 장손에게 준다고 하셨지만 그
이면에는 다른 깊은 뜻이 있어 제게 부탁하신 것이라 알고 있습니
다. 제가 생각하기로는 당신보다 먼저 저세상으로 간 아들의 손자에
게 주어야 할 장학금이라고 생각합니다."라는 부분에서 채명자 수필
가의 의식의 가치가 어떤 것인가를 판단할 수 있는 기준점으로 볼
수 있다.
　채명자 수필가는 가해자와 피해자를 탓하지 않는다. 이러한 인간
세상을 만든 신에게 항의한다. 통상적인 흑백논리로 가해자에 대해
비판하거나 피해자를 옹호하는 평범한 글을 추구하지 않는다. 사회
의 잘못된 구조나 시스템(제도)에 대해 비판한다. 글의 관점이 다른
수필에 비해 폭이 넓다고 할 수 있으며, 지엽적인 인식은 오히려 글
의 가치를 떨어뜨린다는 자신만의 확신이 있는 것처럼 느껴진다.

수필의 제재 선택은 ① 새로우면서도 평범한 것, ② 넓고 풍부하며 다양한 것, ③ 독자의 공감을 살 수 있는 것, ③ 주제를 담기에 알맞은 것으로 구분할 수 있다. 채명자 수필가는 ③의 제재를 선택한다는 것을 알 수 있다. 그는 악의 행위를 비판하기 전에 악이 발생하게 된 근본적이 요소나 동기를 먼저 거론하는 스타일의 수필을 쓴다. 즉 연대 의식의 작품세계를 지니고 있으며, 가해자의 책임에서 우리 모두의 공동책임으로 돌리는 객관적인 모습을 볼 수 있다.

글을 탈고하고 나면 그땐 원고가 작가가 아니라 독자에게 그 소유권이 이동된다. 그런 점을 참작하더라도 채명자 수필가의 작품세계는 작품을 쓸 때부터 작가가 중심이 되는 것이 아니라 독자가 중심이 되는 플롯plot을 지니고 있어, 작품의 지루함이나 도식적이며 진부한 느낌에서 벗어난 작품이라고 보는 이유다. 글은 독자들의 공감을 얻는 데 주력해야 한다. 의식적이고 계산적인 글은 독자들에게 외면 받게 되어 있다. 반면에 인식의 흐름에 맡기며 물이 흘러가듯이 진실을 진술한다면 좋은 글을 생산할 수가 있다. 채명자 수필가의 가식이 없는 순수성, 가공하지 않는 글의 구성이 글을 쓰게 하는 원동력임을 독자들을 상기시킨다.

작가 약력

채명자

1951년 경북 포항 출생

2006년『한국문인』가을호로 수필가 등단

한국문인협회 회원

강릉문인협회 회원

강원영동 수필문학회 회원

2003년 강릉시 여성백일장 입선

2004년 강릉시 여성백일장 입선

2004년〈율곡백일장〉장원 수상

2009년 수필집『국향 밟으며 걷는 길』발간

2019년 가톨릭관동대학 평생교육원 현대시작법 과정 수료

e-mail : chay-ja@hanmail.net

느낌표 갈무리 ⓒ 채명자

초판 인쇄 · 2021년 10월 5일
초판 발행 · 2021년 10월 9일

지은이 · 채명자
펴낸이 · 이선희
펴낸곳 · 한국문연

서울 서대문구 증가로31길 39, 202호
출판등록 1988년 3월 3일 제3-188호
대표전화 302-2717 | 팩스 · 6442-6053
디지털 현대시 www.koreapoem.co.kr
이메일 koreapoem@hanmail.net

ISBN 978-89-6104-306-9 03810

값 15,000원